그대

운명에 지지 않기를!

조용리

용궁장의 고백

* 이 책이 점자 도서 혹은 전자책으로 만들어졌을 때를 위해 간략한 표지 설
  명을 덧붙입니다.

본 도서의 표지는 김민석 작가의 작품을 활용했으며, 좌우로 빌딩이 거대한
벽처럼 배치되어 있고 그사이로 좁고 깊은 골목이 내려다보이는 풍경입니
다. 흑백의 색채이지만 건물에 자리한 강한 빛 반사로 지금이 한낮임이 드러
납니다. 골목의 끝에는 낡고 허름한 건물 한 채가 선명한 붉은색으로 칠해져
주변과 강한 대비를 이루고 있고, 뒤편에는 윤슬처럼 반짝이는 배경이 펼쳐
져 있습니다.
표지 중앙에는 세 개의 붉은 직사각형 박스가 가로로 놓여 있고, 각 박스 위
에 흰색 글씨로 '조승리 소설' '용궁장의' '고백'이 적혀 있습니다. 그 아래로
는 점차 짙은 검은색으로 그러데이션 처리가 되어 있습니다.

조승리
소설

용궁장의 고백

불은 삽시간에 번져

용궁장을 몽땅 전소시켰다.

그들이 내게 말했다. 당신은 앞을 못 보니 세상의 그 더러운 부조리들을 대면하지 않아도 되어 얼마나 다행이냐고, 그것도 축복이라면 축복 아니겠느냐고.

나는 내 안의 어둠을 한 조각 꺼내 보여주기로 했다. 이 이야기는 일흔을 넘긴 어느 눈먼 동료의 마른 넋두리에서 시작됐다. 눈물 대신 안도의 한숨이 내려앉은, 기이할 정도로 평온했던 어느 장례식장에서 구상됐다.

인간의 가슴속에는 포악한 어둠 한 점이 산다. 그 어둠

은 유독 가깝고 연약한 존재를 향해 '인륜'이라는 올가미
로 그들을 옥죄고 만다. 일방적으로 강요된 인륜은 숭고
한 가치가 아니라 명백한 폭력이다. 천륜이라는 굴레를
짊어진 채 각자의 지옥을 버텨내고 있을 이들에게 이 소
설을 바친다.

2026년 3월

조승리

차례

1부
피해자의 고백

부모가 죽어버리길 바라는 자식을 하나님은 용서해주실까?

나는 오늘도 엄마가 빨리 죽길 바라는 기도를 올렸다. 내 나이 일흔이다. 앞 못 보는 장애인으로 칠십 년을 살았다. 누구를 크게 미워하지도 원망해본 적도 없었다. 열여덟에 안마사가 되어 언니, 오빠 시집 장가갈 적에 손을 보탰다. 돌아보면 순탄치 않은 삶이었다. 여관에 출장 안마를 갔다가 험한 일을 당한 적도 있었다. 모르는 이에게 이유 없는 수모와 모멸을 당한 적도 있었다. 그러나 한순간도 죽음을 떠올려보진 않았다. 하나님은 항상 나를 사랑하시니까, 내가 견딜 수 있을 만큼의 고통만 주실 것으로 생각하며 참고 인내했다. 여태껏 나는 그렇게 믿고 살아왔다. 그런데 지금의 고통은 도저히 참아낼 수가 없다.

　휴대전화 전원을 켠다. 알림이 쉴새없이 울린다. 엄마가 건 부재중 전화다. 이마에서 열이 나며 온몸이 따끔거린다. 마치 유리조각들이 혈관을 타고 다니며 난도질을 하는 것 같다. 곧바로 전화벨이 울린다. 큰오빠다. 그는 올해 일흔다섯이 되었다. 귀가 어둡기 때문에 통화를 할 때면 고래고래 소리를 질러댄다. 외출중에는 웬만하면 전화를 받지 않는 것이 좋다. 수화기 너머로 쏟아져나올 오빠의 말이 남사스럽기 때문이다. 진동이 멈추자 숨 돌릴 새도 없이 다음 차례가 전화를 걸어왔다. 이번에는 엄마다. 엄마는 올해 아흔다섯이다. 통화 버튼을 눌러 전화를 받았다.
　"이 개죽이나 쒀줄 년, 예수 귀신이 붙어 또 기어나갔구나. 이 망종 같은 년, 당장 들어오지 못해?"
　엄마의 악담에 나는 그저 무감하다. 이제는 어떤 저주

를 듣는다 해도 아무렇지 않다. 치매 진단을 받았지만 오진이라 생각할 정도로 엄마의 정신은 또렷하다. 아니, 영악하기까지 하다. 치매 환자가 사람 괴롭히는 방법을 너무나 잘 알고 있다.

"지금 출발해요."

전화를 끊자 멀찍이 서 있던 청년이 내게 다가왔다.

"권사님, 제 팔 잡으세요."

나는 끙 소리를 내며 앙상한 무릎에 힘을 준다. 청년의 팔은 단단하다. 오랫동안 기대고 싶을 만큼 듬직하다.

"고마워요. 전철역까지 좀 부탁해도 될까요?"

"그럼요. 근데 권사님, 식사라도 좀 하고 가세요."

"걱정해줘서 고마워요. 집에 환자가 있어서 자리를 오래 비우지 못해요."

교회 정문부터 지하철 역사까지는 내 보폭으로 여든 걸음이다. 내가 가장 좋아하는 시간이 이 여든 걸음이다. 점심을 먹어야 하는 청년에게는 미안하지만 나는 되도록 천천히 걷는다. 봄 햇살이 따스하다. 순간 울컥 넘어오는 서러운 감정을 도로 주워 삼킨다. 이 잠깐의 행복이 야속할 따름이다.

하나님, 제게 주신 굴레는 제가 죽어야 끝이 나는 건가요? 그것이 진정 당신이 바라는 것인가요? 나는 오늘도 주님께 묻는다. 주님은 늘 그렇듯 아무 응답이 없으시다.

나는 홀로 지하철을 타고 산지옥으로 돌아간다. 흰 지팡이를 짚고 집을 향해 걷는다. 메마른 길바닥을 걷고 있지만 질퍽이는 늪을 걷는 기분이다. 재개발을 앞둔 낙후된 지역이라 인도는 좁고 보도블록은 울퉁불퉁하다. 발끝에 온 정신을 쏟는다. 잠시라도 집중이 풀리면 얕은 턱에 발이 걸려 중심을 잃고 넘어지고 만다. 남편이 살아 있을 때는 지팡이를 짚을 필요가 없었다. 나는 그의 팔만 잡고 있으면 됐다.

아파트 단지로 접어들었다. 계단을 올라 101호 문을 연다. 현관에 서서 지팡이를 접어 신발장 선반 위에 내려놓았다. 묵직한 남자 구두가 발끝에 채었다. 숨을 길게 내쉬고 마음을 단단하게 굳혔다. 신발을 벗고 거실로 들어섰다.

"저 봐라! 예수한테 환장 걸려 지 에미 내뻗지고 나갔다가 낯짝도 두껍게 기어들어오는 거 봐라."

엄마의 악담이 문 열린 방에서 튀어나왔다.

"너는 내가 오늘 못 온다고 했으면 교회 그거 하루 안 갈 수도 있지, 꼭 아픈 어머니 혼자 남겨놓고 거길 갔어야 했냐?"

큰오빠가 방에서 나오며 창문 깨지는 소리로 나무랐다.

"세 시간이야. 딱 세 시간 자리 비웠다고."

"뭐? 뭘 잘했다고 말대답이야."

오빠는 가녀린 내 목소리를 거의 듣지 못한다. 나는 선천적으로 소리를 높이지 못한다. 마음은 고래고래 소리쳐보고 싶지만 커다란 덩어리 하나가 목구멍을 턱 하니 막고 있다. 그 덩어리는 주입된 공포다. 귀가 어두운 오빠는 거의 분위기로 내 말을 이해한다.

"얼른 어머니 점심 드려. 오랜만에 동창 좀 만나려 했더니 다 틀려먹었잖아. 에이, 나도 숨 좀 쉬고 살자 제발!"

오빠는 주일에 한 번 내가 교회에 가는 서너 시간 동안 엄마에게 왔다간다. 와서 엄마 시중을 드는 것도 아니고 청소 한번을 도와주지도 않는다. 그저 빈손으로 왔다가 생색만 내고 돌아갈 뿐이다.

"자네 바쁜데 이제 그만 가보게. 내가 괜히 전화해서

바쁜 사람 오게 했네. 이래서 아들이 있어야 하지. 딸년은 천하에 쓸 데가 없지!"

본인이 누구에게 위탁해 살고 있는데 저런 소리를 해댄단 말인가? 뻔뻔한 노인이다. 끈끈한 감정이 거미줄처럼 나를 옭아맸다. 차가운 물을 뒤집어쓰고 싶었다. 화장실에 들어가 손을 닦는 동안에도 엄마의 악담이 계속됐다.

"저년이 빨리 죽어야 하는데. 나보다 먼저 죽어야 내 새끼들 짐을 덜어주는데. 저 철없는 년을 데려가야 내가 자식들한테 낯이 설 텐데……."

가스불을 켜 국을 데웠다. 주방으로 따라 들어온 오빠가 식탁 의자를 빼 앉았다.

"바빠서 빨리 말하고 갈 테니 잘 들어. 이제 어머니 병원은 네가 모시고 다녀야겠다. 나도 이제 늙었어. 허리가 아파 어머니 부축 못 하겠다고. 길 다니다보니까 거, 장애인 차들 많더라! 네가 알아봐서 그거 불러 태우고 다니도록 해라. 그리고 우리 민정이 여기로 전입신고 해놓으라고 했다. 이 아파트 곧 재개발 시작한다더라. 네가 고모로서 해준 것도 없는데 이주비라도 좀 보상받게 해주거라. 어차피 넌 자식도 없겠다, 입주권 나오면 우리 민

정이 주는 게 어떨지 생각도 해보고. 그럼 내가 분담금은
어떻게든 도와주마."

어처구니가 없어 대꾸조차 나오지 않았다. 온몸의 기
운이 몽땅 빠져버리는 것 같았다. 뻔뻔한 것은 어미나 아
들이나 다를 게 없었다. 개수대에 두 손을 짚고 쓰러지려
는 몸을 간신히 지탱했다.

"내 말 알아들었지? 어머니 말씀 잘 듣고. 또 오마."

그는 자기 할 말만 하고 일어섰다. 악다구니를 쓰며 대
들고 싶은데 공포심이 혀를 굳게 만든다. 그것은 어릴 적
부터 자리잡은 감정이다. 엄마는 병신 자식을 자신의 수
치라고 여기며 창피해하고 원망을 퍼부어댔다. 나는 존
재 자체가 집안의 짐덩이고 우환거리였다. 부모가 그러
하니 다른 형제들도 내게 이유 없는 적의를 가졌다. 모든
불행의 원인은 나로 귀결됐다. 나는 수시로 물어뜯기며
쪼그라들어 죄인으로 길들여졌다. 남편을 만나기 전까
지 나는 그들의 행태가 당연한 거라 여겼다.

"배고파 죽겠다. 이년이 제 어미 굶겨 죽이려고 수를
쓰나. 쓸모없는 년, 밥 하나 빨리 못 차려오냐?"

노인이 그새를 못 참고 호통을 쳤다. 냉장고에서 반찬

통을 꺼낸다. 위생장갑을 찾아 끼고 반찬을 접시에 덜어 냈다. 장갑을 벗어 쓰레기통에 넣고 주걱을 찾아 밥을 폈다. 쟁반을 들고 발끝을 세워 바닥을 더듬는다. 무언가를 들고 걸을 때면 두 손이 자유롭지 않아 벽을 짚을 수가 없다. 그래서 더욱 천천히 움직여야 한다. 내가 방에 들어서자, 엄마가 끙 소리를 내며 상체를 일으켰다.

"화장실부터 가련다."

양쪽 고관절수술을 한 엄마는 혼자 일어서거나 걷지 못한다. 그럼에도 기저귀는 한사코 차려 하지 않았다. 쟁반을 탁자에 내려놓고 엄마의 오른쪽 겨드랑이에 내 왼쪽 어깨를 끼웠다. 노인은 내 키보다 한 뼘은 더 크다. 몸무게도 십 킬로는 더 나갔다. 심호흡을 두 번 하고 힘을 모아 엄마를 일으켰다. 방에는 화장실이 딸려 있다. 이 방은 남편과 함께 쓰던 침실이었다. 화장실까지는 대여섯 걸음이지만 엄마의 무게를 지탱하며 걷는 한 걸음이 수십 리같이 머나멀다. 엄마는 자신이 아쉬운 순간에는 입을 다물고 악담을 퍼붓지 않는다. 엄마 목에 걸려 있던 휴대폰이 한 걸음 뗄 적마다 내 얼굴을 때렸다.

"엄마! 휴대전화는 내려놓고 가든지 등뒤로 넘기든지

해. 자꾸 내 얼굴에 부딪치네.”

“지랄 마. 네 오빠가 몸에서 떼놓지 말랬어. 네가 또 날 언제 내다버릴지 모르는데, 이게 있어야 내 아들이 날 구하러 오지.”

순간 다리에 힘이 풀려 몸이 휘청했다. 눈두덩이로 엄마의 휴대전화가 날아들었다. 너무 아파서 자리에 주저앉고 말았다.

“이년이 미쳤나. 에미를 바닥에 내던져?”

우악스러운 엄마의 두 손이 내 머리채를 잡아 흔들어 댔다. 비명처럼 눈물이 쏟아졌다. 엄마는 당신이 지칠 때까지 내 머리채를 잡고 흔들어댔다. 이건 지옥이었다. 이제 그만 죽고 싶었다. 죽어야 이 고통에서 벗어날 수가 있을 것이다.

*

지옥이 시작된 것은 십여 년 전이다. 갑작스럽게 남편이 사망했다. 우리 부부는 집에서 가정 안마원을 운영해 생계를 유지했다. 벌이는 시원치 않았어도 남편은 성실한 사람이었다. 인근 호텔에서 출장 안마를 부르면 비가 오나 눈이 오나, 밤이든 낮이든 흰 지팡이를 짚고 뛰어나갔다. 그러던 어느 겨울날 남편은 야간에 호텔 출장을 다녀오다 뺑소니 사고로 즉사했다. 청천벽력 같은 일이었고, 나는 망연자실해 정신을 차릴 수가 없었다. 믿기지 않았다. 장례를 치러야 하는데 나는 아무것도 몰랐다.

남편도 나도 가족들과는 절연한 채 몇십 년을 살았다. 빈소에는 흰 지팡이를 짚은 동료들이 모여들었다. 우리 처지를 익히 알고 있던 교회 사람들과 친하게 지내던 호텔의 여사장이 사흘 내내 장례를 도맡아 치러주었다.

남편은 가여운 사람이었다. 여느 시각장애인들이 그렇듯 가족들에게 냉대받으며 성장했다. 뒤늦게 안마를 배워 밥벌이를 시작했는데 돈을 벌자마자 가족들이 달려들었다. 돈을 얻어 쓰는 가족들의 요구는 나날이 커졌다. 그는 인정받고 있다는 감정에 취해 입속 사탕까지 빼주다 나이 먹은 노총각이 됐다. 뒤늦게 정신을 차리고 가족들에게 베풀던 지원을 끊자 그들은 다시 냉담해졌다. 아니, 그들은 비난을 해댔다. 남편은 권리는 없고 희생만 있는 관계를 깨끗이 잘라내버렸다.

나는 스무 살에 그를 만났다. 남편은 나보다 열세 살 많았다. 그는 식구들에게 휘둘리는 내 처지가 자신의 옛 모습을 보는 것 같다며 안쓰러워했다. 나는 열다섯 살까지 집에 방치됐다가 미국 선교사가 세운 맹인학교에 입학했다. 그곳에서 점자를 배우고 흰 지팡이 짚는 방법을 교육받았다. 또 이 년간 열심히 공부해서 두 번의 검정고시를 통과했다. 열여덟 살에 중학교 검정고시 합격장을 받았다. 나는 빨리 돈을 벌고 싶었다. 선배들처럼 옷도 맞춰 입고 싶었고, 맹학교에서 함께 생활하던 어린 동생들에게 생필품도 턱턱 사주고 싶었다. 그래서 고등학교 과정을 포기하고 직업학교에 진학해 안마 교육을 받았다.

오십 년도 더 지났지만 처음으로 주물렀던 손님과 덜덜 떨렸던 내 손끝을 생생히 기억한다. 남편을 만난 곳도 그 첫 직장에서였다. 무작정 쫓아다니며 잘해주는 그가 좋았다. 월급날이면 퇴근 시간이 되기도 전에 문을 지키고 서 있는 가족들에게 소리를 지르며 그들을 쫓아내는 그의 박력이 멋있었다. 영원히 나를 지켜줄 것 같았고 세상에 내 편이 있다는 것이 기뻤다. 이 년간 연애를 하고 식을 올렸다. 가족들에게 예식장을 잡았다고 연락했지만 아무도 내 결혼식에 와주지 않았다. 가족을 생각하면 서글펐지만 남편과의 결혼생활은 행복했다. 나는 그를 통해 사랑받는다는 것이 어떤 의미인지 알게 되었다.

그런 남편의 부재는 내 모든 것을 잃은 듯한 허무함을 가져왔다. 혼자 남았다는 사실이 두렵고 무서웠다. 그래서였을까. 가족이, 내 피붙이가 그리웠다. 수소문을 해 큰오빠를 찾았고, 그렇게 엄마를 수십 년 만에 만났다. 엄마도 나도 꽤나 늙어버렸다. 나는 엄마의 손을 잡고 용서를 빌었다. 그때까지 나는 내 감정에 취해 가족들의 싸늘한 태도를 눈치채지 못했다. 큰오빠는 그간 엄마와 못 본 세월을 채워나가라며 내 집에 엄마를 모셔다놓고 갔다. 엄마는 오른쪽 고관절수술을 하고 퇴원한 지 얼마 되지 않았던 터라 지팡이 없이는 움직이지 못했다. 처음 엄마와의 생활은 낯설었지만 불편하지는 않았다. 엄마가 곧잘 살림을 도와주기도 했고 집에 안마 손님이 오면 차를 내주며 응대해주기도 했다. 엄마는 사람들에게 입버릇처럼 말했다.

"내가 병신으로 낳았으니 죽을 때까지 손발이 되다 죽

어야 하지 않겠소.”

나는 여전히 엄마에게 모자란 자식이었다. 은근히 거슬렸지만, 지금의 관계가 틀어질까봐 아무 말 하지 않았다. 내게 가장 두려운 것은 혼자되는 것이었다. 형제들은 이따금 엄마를 보러 와 밉살스러운 말을 던지고 갔다. 늙은 엄마가 내 치다꺼리하는 것이 마음 아프다는 것이었다. 듣다못해 엄마에게 힘들면 큰오빠 집에 가시라 했지만 엄마를 포함해 아무도 그 말에는 대꾸하지 않았다. 그 다음부터 그들은 내 집에 와놓고는 나를 투명인간 취급이라도 하듯 면전에서 흉을 보고 헐뜯었다. 나는 아무 소리도 하지 못했다. 나이가 이만큼 먹었어도 여전히 그들이 두려웠다.

엄마와 두 해가량 살았을 때였다. 어느 새벽, 화장실에서 들린 우당탕 소리에 잠이 깼다. 엄마가 욕실 바닥에 쓰러져 정신을 잃은 상태였다. 119에 전화를 걸어 급히 병원으로 갔다. 검사 결과 두 다리 모두 대퇴부 골절이었다. 의사는 고령의 노인이라 수술이 불가능할 수도 있다고 말했다. 엄마는 병원에서 한 달 정도 지내더니 집으로 돌아가겠다고 고집을 피웠다. 나는 당연히 형제들 모두 안 된다고 반대할 것이라 생각했다. 그런데 큰오빠가 엄마를 퇴원시켜 집에 모셔왔다. 내 의사는 상관없었다.

모여든 형제들의 성토가 시작됐다. 내 집에서 내 뒤치다꺼리를 하다 저 꼴이 되었으니 내게 책임을 지라고 했다. 나는 기어들어가는 목소리로 항변했다. 병원비를 일부 맡을 테니 요양병원에 모시자고, 이건 정말 아니라고 몇 번이고 말했다. 그러나 나는 여전히 투명인간이었다. 내 목소리를 아무도 들으려 하지 않았다. 형제들이 썰물처럼 빠져나간 방에 엄마와 나만 남게 되자, 엄마는 끙소리를 내며 차고 있던 기저귀를 풀어 바닥에 내던졌다.

"가서 내 속옷이랑 바지 가져와라. 고작 하루에 화장실 몇 번 데려다주는 게 뭐 그리 수고라고 인상을 쓰는 게야…… 오라! 넌 내가 죽었으면 했구나?"

엄마의 억지가 시작되었다. 형제들은 일주일에 한두 번 들여다보더니 점차 발길을 끊었다. 안마 손님을 받을 수도 없었다. 수시로 화장실을 가겠다, 뭐가 필요하다, 당장 가져와라, 소리를 질러대는 바람에 하루종일 엄마에게 매달려 있을 수밖에 없었다. 나는 점점 꼬챙이처럼

말라갔다. 그리움으로 가족을 찾았던 내 어리석음이 한
탄스러웠다. 우둔한 나 자신을 매일같이 자책했다.

　사정을 아는 동료들이 요양보호사라도 신청해보라고
조언했다. 주민센터에 알아보았지만 엄마의 주소가 이
지역 관할이 아니라서 도움을 줄 수 없다는 답을 들었다.
엄마의 주소는 오빠의 아들과 같은 곳으로 되어 있었다.
그에게 전화를 걸어 상황을 설명했다. 엄마 주소를 옮겨
와야 요양보호사를 신청할 수 있다고 설명했다. 오빠는
귀찮다는 말투로 세금 혜택과 아파트 청약 가산점 때문
에 주소를 옮겨줄 수 없다고 딱 잘라 거절했다. 화가 났
다. 이놈도 저놈도 도와줄 생각이 없으면서 내게 어쩌라
는 건지 눈앞이 캄캄하고 속이 상했다. 마침 남편의 장례
를 도와준 호텔의 여사장이 연락을 해왔다. 나는 하소연
을 해댔고 나보다 더 분개한 그녀가 당장 달려왔다.

　"권사님, 이 몰골이 다 뭐야! 아저씨가 보셨으면 억장
이 무너졌겠네."

　오 사장이 내 손을 잡았다. 내 눈물이 맞잡은 손등 위
로 툭툭 떨어졌다.

　"사장님, 나 너무 힘들어요."

“그래…… 알았어, 권사님. 내가 도와줄게. 마음 강하게 먹어.”

내 등을 훑어내리는 오 사장의 손이 어찌나 따사로운지 나는 오 사장의 품에서 펑펑 소리 내 울었다.

“일단 할매는 병원에 입원시키자. 권사님 형제들, 할매, 인간도 아니야. 어떻게 앞 못 보는 사람한테 이런 짓을 할 수가 있어.”

오 사장의 일처리는 일사천리였다. 전화로 병원을 알아보더니 금세 빈 병상을 찾아내 앰뷸런스를 보내달라고 요청했다. 엄마에게는 정기검진이라 병원에서 사람들이 모시러 왔다고 둘러댔다. 나는 순진하게도 그렇게 일이 끝났다고 생각했다. 그런데 이틀도 되지 않아 큰오빠가 엄마를 모시고 집으로 들이닥쳤다. 엄마가 간호사를 시켜 오빠에게 연락했고 그가 엄마를 퇴원시켜 온 것이었다.

“날 내다버려? 이 찢어먹어도 시원치 않을 년……. 에라 이년아, 내가 순순히 죽을 줄 알았나본데 나는 니년 죽는 거 보고 죽을 거다, 이 후레잡년아!”

“네가 사람이냐! 어머니를 어디 그런 데 내다버려?”

엄마와 오빠의 비난이 나를 벽으로 몰아세웠다. 시차를 두고 하나둘 형제들이 도착해 비난을 쏟아놓았다. 오늘만은 이들 눈에도 내가 보이는 모양이었다. 오빠는 엄마 목에 휴대전화를 걸어주고 돌아갔다. 엄마는 의기양양한 태도로 나를 부려댔다. 난 꼼짝없이 이들의 노예로 살아야 할 것이었다.

일을 하지 못하니 생활비가 점차 바닥을 드러냈다. 이제는 엄마의 정기검진 비용도 내가 지불하고 있었다. 오빠에게 상황을 말했지만 그는 못 들은 척 무시했다. 내가 팔을 붙잡고 생활비가 필요하다고 다시 매달리자 오빠는 엄마 모시는 생색도 가지가지라며 되레 나를 몰아세웠다.

"내 어머니만 되냐? 너도 어머니가 금이야 옥이야 키웠어. 그 정도는 네가 알아서 해야지! 난 자식이 넷이야. 넌 서방이랑 자식도 없으면서 돈 벌어다 어디에다 썼길래 돈이 없다 징징대는 거냐."

말이 통할 상대가 아니었다. 나도 엄포를 놔야겠다는 생각이 들었다.

"그럼 생활비가 없는데 어떡해? 집이라도 팔아 써야겠네."

"뭐라고? 네가 뭔데 어머니 사시는 집을 맘대로 판다 만다 하는 거야? 너 또 머리 쓰는구나. 이 집 팔아 작은 집으로 옮기고 어머니 못 모신다고 하려고? 어림도 없으니까 감히 집을 파네 마네 입도 뻥긋하지 마."

그가 덧붙였다.

"만일 이 집을 네 맘대로 팔았다간 아주 잡아죽일 줄 알아."

황당함이 웃음으로 쏟아져나왔다. 그러자 오빠의 두 손이 내 목을 단단히 붙잡더니 그대로 힘을 주었다. 나는 끈 떨어진 인형처럼 그가 흔드는 대로 딸려갔다. 오빠는 공무원으로 퇴직했다. 마냥 무지렁이 양아치가 아니었다. 그런데도 이 사람은 왜 나를 이런 취급을 하는 걸까…… 공포감과 함께 그런 생각을 하다가 순간 정신을 잃었다. 오빠가 손을 벌벌 떨며 내 어깨를 흔들었다. 내가 깨어나 숨을 몰아쉬자 괜찮은지 물어왔다. 그러고는 버럭 화를 냈다.

"야! 쇼하지 말고 일어나. 이게 사람 놀래고 있어."

옆통수가 아팠다. 쓰러지면서 바닥에 찧은 모양이었다. 나는 손으로 통증 부위를 감싸며 말했다.

"……가!"

내 목소리였지만 한 번도 들어본 적 없는 낮고 쉰 목소리였다.

"뭐라고?"

"가라고, 이 새끼야! 경찰 불러서 폭행으로 고소하기 전에 꺼지라고, 개새끼야!"

처음으로 소리를 질렀다. 내게서 그토록 크고 싸늘한 음성이 나올 수 있다는 것에 내가 놀랄 지경이었다. 그는 어버버하다 횡하니 나갔다. 온몸이 벌벌 떨렸지만 노여움이 공포를 이겨냈다.

엄마의 포악질은 나날이 심해졌다. 나는 하나님께 깨어 있는 매 순간 기도했다. 나를 그만 데려가달라고, 주님께서 주신 이 고난을 더이상 견뎌낼 수가 없다고.

"밥 가져와. 저 썩을 년이 어디다 정신을 빼놓고 살길래 지 어미 끼니도 제때 못 맞춰. 우둔하다 우둔해. 저 모지리를 두고 내가 어찌 죽나."

이 시간을 견뎌내려면 차라리 안 들려야 했다. 앞이 보이지 않는 나는 차츰 귀까지 멀어갔다.

유일하게 내가 숨을 쉴 수 있는 시간은 주일 오전뿐이었다. 집 근처였던 교회가 재개발 때문에 신도시로 이사를 했다. 친하게 지내던 주위 이웃들도 하나둘 이주를 해 나갔다. 오 사장이 주일 아침마다 나를 데리러 왔다. 그 사람도 신도시로 이주했지만 내가 교회 가는 길을 익힐 때까지 안내해주겠다고 친절을 베풀었다. 그이는 늘 나를 안타까워했다. 도울 일이 있으면 언제든 이야기해달라고 했다. 나는 더이상 폐를 끼치고 싶지 않아 고개만 끄덕였다.

참혹한 세월은 나를 조금씩 갉아먹었다. 내가 교회에 가는 반나절 동안 오빠가 엄마를 보러 왔다. 그런데 엄마는 그것도 못마땅해했다. 귀한 아들의 시간을 빼앗아서는 안 된다는 것이다. 내가 집에서 나오면 오 분도 되지 않아 엄마의 전화가 빗발쳤다. 처음에는 무슨 일이라도 있는가 싶어 전화를 받았지만 수화기에서 쏟아지는 것은 나를 향한 비난과 저주였다. 내가 들은 척도 하지 않자 급기야 예수님을 향해 들을 수조차 없는 욕설을 내뱉었다. 그래서 주일예배가 끝나기 전까지 휴대전화를 꺼버렸고, 예배가 끝나면 부랴부랴 지하철에 올라 집으로 돌아왔다. 내 사정을 아는 교회 사람들은 그런 나를 잡지 않았다. 다만 요기라도 하라며 내 가방에 떡이나 간식들을 챙겨 넣어주었다. 오늘 오 사장은 장로 안수를 받았다. 가방에는 오 장로가 돌린 백설기 한 덩이가 있었다. 아파트 단지에 들어서자 빗자루질 소리가 났다.

"아주머니, 교회 다녀오시나봐요?"

경비 한씨다. 한씨는 남편이 살았을 적 허리에 침을 맞으러 자주 집에 찾아왔다. 친절한 사람이라 종종 우리집을 돌봐주고 고장난 수도나 전기를 만져주곤 했다. 나는 가방에서 백설기를 꺼내 한씨에게 건넸다.

"아주머니나 드시지 뭘 저까지 챙기세요. 근데 아주머니……."

그는 하고 싶은 말이 있는지 한참을 망설였다.

"편하게 말씀하세요."

내가 채근했다.

"저도 주민들한테 들은 이야긴데, 조합 회의 때마다

아주머니 대리인으로 참석하시는 분이 딴지를 걸어서 보상이며 이주가 자꾸 늦어진다고 불만들이 대단하다네요. 사람들 입에 아주머니 댁 이야기가 오르내린다니 제가 마음이 불편해서 전하는 거예요.”

처음 듣는 소리에 어처구니가 하도 없으려니 아무 생각도 나지 않았다. 무슨 정신으로 집에 들어와 엄마의 점심을 챙기고 소파에 앉았는지 도무지 기억나지 않았다. 난 허수아비가 아닌데 이들은 왜 내 의사를 무시해도 된다고 여길까? 나는 대리인을 세운 적이 없었다. 무슨 권리로 내 것에 손을 댄단 말인가? 참다못해 오빠에게 전화를 걸어 따졌다. 당신이 뭔데 내 대리인 노릇을 하느냐고. 주제넘지 말라고. 손을 덜덜 떨며 소리를 질러댔다. 상대가 무어라 하든 말든 쌓였던 분노를 쏟아부었다. 전화를 끊자 속이 후련하면서도 한편으로는 두려웠다. 그 주 주말, 오빠가 집에 왔지만 그는 평소처럼 내가 엄마의 점심을 챙기는 사이 돌아갔다. 괜스레 내 가슴만 하루종일 두근거렸다.

오빠와 직접적으로 부딪친 것은 내가 처음으로 아파트 재개발 조합 회의에 참석한 날이었다. 회의는 아파트 단지 내 노인회관에서 열렸다. 역시 내 생각대로 오빠가 그 자리에 나타났다. 경비 한씨는 조합장과 임원들에게 나를 소개했다.

"이분이 실제 소유자세요."

임원이라는 사람들이 내게 현재 상황을 설명했다. 내용을 들으니 재개발 사업이 막바지에 다다라 있었다. 오빠는 내 옆에 멋쩍게 서 있다가 이주비용 이야기가 나오자 어깃장을 놓으며 소리를 높였다. 누군가 내게 저 사람이 대리인이 맞냐고 물었다. 나는 긍정도 부정도 하지 않았다. 오빠는 제풀에 죽어 어느새 사라져버렸다. 집 현관을 들어서니 예상대로 성이 잔뜩 난 오빠가 나를 향해 고함을 질러댔다.

"이 멍청한 계집년이 뭘 안다고 그 자리에 끼어들어? 돈 몇 푼 더 받아주려고 내가 얼마나 애를 써줬는데 고마운 줄도 모르고, 감히 네깟 년이 어디서 꼴값을 떨어?"

그는 손을 쳐들었다 내려놓기를 반복했다. 나는 기척으로 그 모양을 느낄 수 있었다. 겁이 났지만 당당하려 애썼다.

"비켜!"

그를 밀며 거실로 들어섰다.

"이년! 방으로 들어와, 이 튀겨 죽일 년아!"

다음은 엄마 차례였다. 제 아들이 무어라 구워삶았는지 온갖 지저분한 욕이 고막을 긁어댔다.

"내 아들이 고생하며 몇 푼이라도 더 받아주려고 수고하는데 은혜도 모르고. 네가 뭘 안다고, 보상받아 얼마 떼어주면 감사히 받고 찌그러져 있어야지."

저들의 속내가 그것이었다.

"개소리들 하지 마! 내 집으로 누가 뭘 떼어준다고? 이 집은 내 집이야! 내 남편이랑 내가 뼈 빠지게 주물러 벌어 산 내 집이라고."

이야기하다보니 약이 올랐다. 악을 쓰며 발을 굴렀다. 화가 나 견딜 수가 없었다.

"다들 웃기지 좀 마! 너희가 뭔데? 당신이 어떻게 엄마야? 네가 어떻게 형제야? 병신 등쳐먹는 기생충들이지."

"저러니 모자란다고 그러지. 이년아! 너 뒈질 때 누가 송장 치워줄 것 같아? 넌 하나만 알고 둘은 모르지. 어이구…… 저년이 나보다 빨리 죽어야 할 텐데."

노인이 한심하다는 듯 뇌까렸다.

“모르는 건 당신이지. 반송장 된 제 어미, 사람 취급도 안 했던 아들이야. 병신 동생한테 수발들라고 제 어미를 내다버린 아들이라고. 그런데 뭐, 누가 내 송장을 치워준다고?”

“너 지금 어머니 밥 몇 번 챙겨드렸다고 유세 떠냐?”

“밥 몇 번? 자그마치 십 년이야. 유세 좀 떨어보자. 당장 네 어머니 모시고 네 집으로 꺼져!”

“저게 아주 돌았구나, 아주 돌았어!”

“그래, 돌았다. 그러니 당장 내 집에서 꺼져. 여긴 내 남편이 남긴 내 집이라고……!”

소리를 높였더니 현기증이 나며 다리에 힘이 풀렸다. 풀썩 자리에 주저앉아 숨을 몰아쉬었다. 지치지 않고 엄마가 되받았다.

“어이구! 대단한 남편 둬서 좋겠다. 눈구멍이 푹 꺼져서 강시처럼 생긴 화상이, 서방 노릇은 잘해줬나보지! 눈은 멀었어도 제 계집 속은 잘 찾아다녔나보구나.”

툭. 가슴속에서 무언가 끊어지는 소리가 났다. 그것은 그럼에도 불구하고 그들과 연결되고 싶었던 나의 미련이었다. 사람으로서, 인간이기에 지켜야 할 것이 있다.

엄마는 더이상 내게 인간이 아니었다. 온 힘을 다해 몸을 일으켰다. 발끝을 세워 바닥을 천천히 더듬는다. 내가 쓰고 있는 방의 문을 열고 들어가 등으로 문을 기대며 닫는다. 내 집에 있는 저것들은 그저 해충이다. 나를 잡아먹으려는 마귀들이다. 겨우 몇 걸음을 떼서 침대에 그대로 쓰러졌다. 가슴이 뻐근할 정도로 심장이 요동쳤다. 숨을 깊이 내쉬고 뱉었다. 졸도하듯 잠이 들었다가 우당탕 무언가 쓰러지는 소리에 깨어났다. 손목을 더듬어 점자 시계를 살폈다. 무어라 중얼대는 엄마의 목소리가 방 앞까지 가까워졌다.

"그만 안 기어나와? 뭐 하고 자빠졌길래…… 뒈진 거 아니면 빨리 못 나오냐!"

내가 반응하지 않자 닫힌 방문을 두들겨댔다. 잠잠했던 심장이 다시 빠르게 날뛰었다. 엄마에 대한 두려움과 반항이 가슴속에서 드잡이질을 했다. 두 팔로 바닥을 기어다니는 것을 보아 오빠는 돌아간 모양이었다. 허기와 요의가 몸을 움직이게 했을 것이다. 노인은 계속 방문을 두들기며 빽빽 소리를 쳤다. 천천히 몸을 일으키고 방문을 열었다.

"그래, 이제 기어나오냐? 빨리 내 이불 갈고 밥 챙겨와라. 에미 배곯아죽는 꼴 보기 싫으면."

방문을 열자마자 알 수 있었다. 내가 변했음을. 오늘 나는 피로 이어진 인연을 잘라냈다. 분노는 나를 잔인할 정도로 대담하게 만들었다. 노인이 더이상 두렵지 않았다. 방금 전까지 나를 옥죄던 공포는 이제 노인을 향한 서슬 퍼런 적의로 바뀌어 있었다.

"뭘 넋을 놓고 있어, 내 말 안 들려? 저렇게 모자라서는……."

나는 밖으로 향하며 문을 막고 있는 노인을 발로 밀어 길을 만들었다.

"이게 미쳤나. 어디 에미를 걷어차?"

바닥이 군데군데 축축했다. 노인이 소변을 지리며 기어다닌 모양이었다. 걸레를 가져다 바닥을 닦았다.

"너 이게 무슨 짓이냐고, 이년아!"

아직 소리칠 기운이 남았는지 귀가 따가울 지경이었다.

"시끄러워, 앞으로는 기저귀 차고 있어."

내가 명령하듯 말했다.

"뭐라고?"

“내 집에서 기생할 거면 입 닥치고 있어. 아니면 당장 나가든가.”

“이게 지금 무슨 소리를 하는 거야. 날 내쫓겠다고?”

“골 울리니까 입 다물고 있어.”

“교회 다니는 년이 부모한테 이래도 되는 거냐? 느그 하나님이 그리 가르쳤냐?”

오물을 닦던 걸레를 바닥에 있을 노인에게 집어던졌다.

“입 다물라고 했지!”

버럭 소리를 질렀다. 그 어떤 죄책감도 두려움도 들지 않았다. 노인을 질질 끌어 침대에 밀어붙였다. 입에 담을 수 없는 저주가 날아왔지만 들으려 하지 않으니 마음에 와닿지 않았다. 나는 눈도 귀도 멀어버렸으니 말이다.

며칠 후 주민센터에서 전화가 왔다. 누가 내 집 주소로 전입신고를 하겠다는데 맞냐는 확인 전화였다. 오빠가 지나가듯 자기 딸을 내 집에 전입시키겠다던 이야기가 생각났다. 나는 한 번도 오빠의 딸을 본 적 없었다. 노인을 십 년간 내 집에 모셨는데 제 할머니에게 한 번도 와 보지 않았다. 나는 직원에게 허락한 적 없다고 단호히 말했다. 그 연락을 받았는지 오빠가 득달같이 달려왔다.

"너 내가 그렇게 부탁했는데 내 딸을 망신시켜? 네가 그러고도 고모냐? 사람이냐고!"

"아이고 애비야! 저년이 망령이 들었나보다. 날 어찌나 괄시하는지 서러워 못 살겠다."

아들 목소리가 들리자 기가 죽어 있던 노인이 우는 시늉을 하며 되살아났다.

"어머니! 어머니는 좀 조용히 해보세요. 우리 딸이 회사 조퇴하고 여기까지 왔다 허탕 치고 갔다고요."

내리사랑이 대단한 이들이다. 나는 상대하지 않고 개수대에 서서 설거지를 마저 했다. 그가 따라와 내 옆에 서서 말했다.

"야! 너 이렇게 하면 재미없어."

남자의 윽박이 두렵지 않았다. 한동안 뚫을 듯한 시선이 내 얼굴에 고정되었다.

"그래. 엄마 노령연금, 그거 너 줄게. 그럼 됐지?"

남자가 은혜라도 베풀듯 말했다. 나는 여전히 대꾸하지 않았다.

"아범아! 이리 와봐라. 내 이 꼴을 좀 보거라. 저년이

날 기저귀를 채우고 중환자 취급을 한다. 부모를 어찌 이
리 학대한단 말이냐."

"어머니! 조용히 좀 하시라니까요."

제 맘대로 되지 않으니 애꿎은 상대에게 화살이 돌아
갔다.

"우리도 힘들다고요, 어머니. 적당히 좀 하세요."

징징대던 노인의 신세한탄이 뚝 멈추었다. 새삼 웃긴
늙은이들이라는 생각이 들었다.

"여기 와서 좀 앉아봐. 다 너를 위해 하는 말이니까 진
지하게 들어봐."

남자가 억지로 나를 식탁 의자에 끌어다 앉혔다.

"네가 어디 자식이 있냐? 죽으면 다 소용없는 거야. 죽
기 전에 조카 좋은 일 시켜주면 좀 좋냐. 어차피 너 충당
금 못 만들잖아. 어머니랑 살 집 얻어줄 테니까 입주권은
네 조카 주자. 그 녀석한테 네 용돈도 좀 챙기라고 할게.
그럼 됐지?"

슬슬 구슬리는 모양이 한심하기 이를 데 없었다. 나는
왜 이 자를 그리 두려워했던 걸까?

"그만 가봐. 네 엄마 모시고 가면 더 좋고. 아니 웬만하

면 오지를 마.”

“너 내가 이렇게 생각해주는데, 아무리 모자라도 그걸 몰라?”

회유가 통하지 않자 다시 협박이 시작됐다. 남자가 제 뜻대로 되지 않자 또다시 손을 쳐들었음을 느꼈지만 차라리 몇 대 맞고 영원히 보지 않을 수 있다면 얼마든지 얻어맞을 수 있었다.

“정말 이렇게 할 거냐고!”

나는 대답하지 않았다. 남자는 혼자 화를 내다 제풀에 꺾여갔다.

“시간 줄 테니까 잘 생각해봐. 그리고 어머니 잘 모셔.”

오늘은 이만하려는지 그가 의자에서 일어섰다. 현관으로 걸어가던 남자가 돌연 멈춰 섰다. 다른 계획이 떠오른 것이다.

“그래, 내가 여기 들어와 살아야겠다. 내가 전입해서 오면 되고, 어머니 네 집에 계신다고 너 유세하는 꼴 더 이상 안 보고 말이야……”

그가 혼잣말처럼 중얼대다 사라졌다.

“장로님. 하나님이 정말 계실까요?”

상대는 아멘, 하고 대답했다. 순간 둑이 터진 듯 눈물이 쏟아졌다.

“날 그만 데려가시라고, 제발 내게서 삶의 고난을 거두어달라고 기도했어요. 그런데 아무리 간곡히 기도해도 응답하지 않으세요. 난 너무 지쳤는데.”

나는 수화기를 붙잡고 오랫동안 울었다. 상대는 그런 나를 기다려주었다.

“죄송해요, 장로님.”

“권사님. 전능하신 하나님을 믿으세요. 그리고 진정 권사님이 원하는 게 뭔지 곰곰이 생각해보세요.”

오 사장은 장로님이 되더니 더욱 자비로워졌다. 나는 내 속마음을 털어놓았다.

“처음에는 나 자신을 죽이고 싶었어요. 그래야 이 굴레에서 벗어날 수 있을 거라 생각했어요. 그다음은 마귀 같은 엄마를 죽이고 싶다고 생각했어요. 사탄이 들어선 것은 나였어요. 지금도 그 사탄이 내 마음속에 있어요. 어느 순간부터 나는 하나님께 엄마를 데려가라고 기도하기 시작했어요. 근데 오늘 알았어요. 엄마가 죽어도 내가 지고 가야 할 가시면류관은 계속 내 머리 위에 있을 거예요. 내가 죽어야 끝이 나겠죠. 나는 이 벌을 어찌 받아야 하는 걸까요?”

“권사님, 우리는 모두 그분 앞에 죄인입니다. 세상 사람 누구도 권사님에게 돌을 던질 자격이 없어요. 우리 신주가 아기였을 때, 낯가림 심한 그 아이가 유일하게 안기는 사람이 권사님과 돌아가신 아저씨였어요. 내가 혼자 몸으로 애를 키우며 돈 벌자고 동동거릴 때 나를 진심으로 도와주신 건 두 분이었어요. 권사님, 아저씨는 한밤중이고 새벽이고 가리지 않고 손님이 있다 연락하면 망설이지도, 귀찮아하지도 않고 호텔로 출장을 오셨어요. 왜였겠어요? 아저씨는 훌륭한 가장으로 권사님을 고생시키지 않고 오래오래 행복하게 살고 싶었던 거예요. 아저씨의 사랑은 하나님이 권사님을 사랑하는 것만큼 큰 사랑이에요. 권사님은 아저씨를 위해서라도 행복해질 필요가 있어요.”

손으로 입을 틀어막고 웅어리졌던 설움을 토해냈다. 남편이 너무도 보고 싶었다.

“자! 권사님. 함께 기도해드릴게요. 그러니 권사님의

속마음을 하나님께 모조리 털어놓아보세요.”

아이를 유난히 좋아했던 남편이 생각났다. 함께 출장 안마를 갔다오면 내 팔을 주물러주던 그가 떠올랐다. 우리는 아이를 낳지 말자, 그 아이에게 장애인 부모라는 멍에를 씌우지 말자던 남편의 풀죽은 목소리가 생생히 들려왔다. 내가 꽁꽁 숨겨왔던 내 진심을, 하나님께 벌거벗듯 거짓 없이 말했다.

“날 인간 취급도 하지 않은 그 사람들에게 복수하고 싶어요. 내 돈을 한푼도 빼앗기고 싶지 않아요. 아무도 날 무시하거나 업신여기지 못했으면 좋겠어요.”

내 목소리는 더이상 떨리지 않고 있었다.

“권사님의 바람이 뜻대로 이루어지기를 예수님의 이름으로 기도합니다…… 아멘.”

오 장로가 응답했다.

나는 하나님이 계신다는 것을 알았다. 전도사님의 팔을 잡고 강단에 올라 마이크 앞에 선다. 단상 위에 어젯밤 밤새 적은 기도문을 내려놓고 하나님께 떨지 않고 제대로 통성기도를 마칠 수 있게 해달라고 기도했다. 찬양이 끝나고 목사님이 내 이름을 불렀다. 나는 종이에 손을 얹고 손끝으로 기도문을 읽어내려간다.

"전능하시고 은혜로우신 하나님, 저는 하나님의 사랑을 믿고 또 믿습니다."

*

나는 떨리는 마음을 주체하지 못하고 전날 한숨도 자지 못했다. 약속한 시간이 되자 장로님이 보낸 사람들이 현관문을 가볍게 두들겼다. 나는 문을 열어주고 그들을 노인의 방으로 안내했다. 자다 깬 노인이 어버버하는 사이에 이동식 침대로 옮겨졌다. 마지막에 따라 들어갔던 여자가 노인의 손에서 휴대전화를 낚아채 내 손에 쥐여주었다.

"권사님, 엄마가 권사님 옆에 있어드리라고 하셨어요."

오 장로의 딸 신주가 내 손을 힘주어 잡았다. 노인은 장로님이 준비한 장소로 옮겨질 것이었다. 집은 급매로 처분했다. 조금 손해를 보았지만 통장에는 노후 걱정 없이 살 만큼의 금액이 들어왔다. 나는 남편의 마지막 선물이라고 생각했다. 당분간 장로님이 구해준 곳에 머물며 추후 상황을 살필 예정이었다. 노인을 태운 앰뷸런스가 조용히 아파트를 빠져나갔다. 그때 보고 있기라도 하듯 엄마의 전화가 울려댔다. 새벽 공기가 싸늘히 내 심장을 한 바퀴 휘돌고 나왔다. 전화가 끊어졌다. 지옥에서 이토록 쉽게 빠져나올 수 있을 거라고는 생각지 못했다. 어쩌면 엄마의 말이 맞을지 모른다. 나는 우둔하고 미련했다. 지옥도 천국도 결국 내가 마음먹기 달렸건만 그걸 십 년이 지나 겨우 깨달았다.

장로님은 어제 나를 노인이 옮겨질 장소로 데려갔다. 그곳은 오래된 여인숙을 주거시설로 개조한 귀곡 산장 같은 곳이었다. 일층은 누수를 잡지 못해 온통 비어 있었다. 그 때문인지 기분 나쁜 곰팡내가 온 건물에 배어 있었다. 이층에는 정신이 온전치 않은 남자가 온 동네 쓰레기를 집에 쌓아두며 점령하고 있다고 했다. 삼층에는 가족이 포기하고 사회요양서비스조차 받길 거부하는 고집스러운 노인이 거주한다 했다.

이후 장로님에게 전해들은 상황은 이랬다. 노인은 기운이 빠질 정도로 악다구니를 쳤다. 골방을 기어다니며 사람이 납치됐다, 구해달라고 벽을 두들겨댔다. 그러나 그 건물에 노인을 도울 수 있는 사람은 아무도 없었다. 모두 노인과 같은 처지였기 때문이다.

"인과응보. 난 하나님이 이 말을 가장 좋아하신다고 생각해요. 권사님은 이제부터 어머니가 그곳에서 오래 오래 사시길 기도하세요."

오 장로가 내 손을 잡으며 말했다.

노인의 아들은 한 통의 전화를 받았다. 당신 어머니를 맡겨놓고 왜 모시러 오지 않느냐는 독촉 전화였다. 헐레벌떡 달려온 아들의 얼굴을 보자 노인은 두 팔을 내밀며 아들을 반겼다. 분명 아들이 자신을 데려갈 것이며 제 어미를 이곳에 내다버린 그년을 호되게 야단칠 것이라 생각했다. 그런데 아들의 얼굴이 심상치 않았다.

사실 그는 전화를 받고 우선 여동생의 집으로 달려갔었다. 그리고 인부들이 짐을 꺼내는 것을 봤다. 순간 자신의 계획이 틀어졌음을 깨달았다. 인부들에게 사정을 물었지만 상황을 아는 이가 없었다. 관리사무소로 뛰어갔다. 관리소장은 거기 사시던 분이 집이며 가구며 몽땅 팔고 이사 나갔는데 오라비라면서 몰랐냐고 되물었다. 그는 소장의 얼굴에서 조롱을 포착했다. 주먹이 부르르 떨렸다. 결국 이 모자란 계집이 다 망쳐버린 것이다. 그 사이에도 또다시 어머니를 모셔 가라는 전화가 빗발쳤다. 결국 주소를 물어 도착한 허름한 건물 앞에서 한숨이 절로 나왔다. 어머니 방 앞에는 늙수그레한 남자와 출동한 경관이 함께 있었다. 나이든 남자가 그를 노려보며 말했다.

"어서 모셔 가세요. 이사해야 해서 모실 데가 없다고, 반나절 후에는 모시러 오겠다고 해놓고 이제 나타나면 어쩌자는 겁니까? 은근슬쩍 버리고 도망가려는 거 아닙니까?"

"내가 데려다놨습니까? 왜 다짜고짜 죄인 취급입니까?"

"그럼 이분이 당신 어머니가 아닙니까? 당신이 자식 아니냐고?"

말다툼이 이어지자 경관이 제지시켰다.

"선생님, 진정하시고 어머니 맞으신지 확인부터 하세요."

그가 낡은 나무문을 열어 안을 살폈다. 그의 어머니가 지저분한 이불 위에 엎어져 있다가 고개를 들어 남자를 바라봤다. 아들을 확인하자 두 팔을 벌리며 어서 들어와 자신을 데려가라고 악귀처럼 비명을 질러댔다. 그는 순간 몸을 뒤로 빼며 문을 닫아버렸다. 손바닥으로 얼굴을 훑어냈다. 정신없고 피곤한 하루다.

"선생님, 어머니 확인하셨으면 모셔 가십쇼."

경찰이 말했다. 남자는 좀처럼 머릿속이 정리되지 않았다. 다만 이대로 어머니를 모셨다가는 영원히 자신이 부양을 떠맡아야 할 거라는 계산이 섰다. 경찰의 눈치를 살피며 관리인에게 형제들이 올 때까지 시간을 달라고 정중히 부탁했다. 그는 내키지 않는 표정으로 끄덕였다. 경찰과 관리인이 돌아가고 형제들을 호출했다. 억지로 도착한 세 명의 형제는 모두 썩은 표정을 지었다. 누구도 모친을 맡으려 하지 않았다. 그저 의무에서 도망친 눈먼 형제가 원망스러웠고, 죽지 않는 늙은 어머니가 야속했다. 누가 당장 어머니를 모시고 갈 거냐는 말에 네 형제가 입을 다물었다. 긴 침묵 끝에 병원에 모시면 어떨까 하는 의견이 나왔지만 비용을 어떻게 감당할 거냐는 말에 네 형제의 입이 또다시 꽉 다물어졌다.

"그냥 여기다 맡기고 요양보호사 붙이면 안 돼? 노령

연금으로 월세 내고."

대책이 나오자 행동파인 막내가 관리인과 이야기해보 겠다며 방을 나갔다. 이들의 큰오라비인 남자는 인상을 찡그렸다. 어머니의 노령연금은 자신의 쌈짓돈이었다. 또 요양사를 쓰려면 아들과 같은 곳으로 되어 있는 어머 니의 주소를 이곳으로 옮겨야 했다. 피해는 고스란히 자 신만 보는 것이다. 그러나 반대할 수가 없었다.

노인은 자식들이 자신의 거처를 정하는 동안 구석에 서 투명인간이 되었다. 머저리 눈먼 자식이 그랬듯 말이 다. 자식들에게 자신의 의견은 중요치 않은 모양이었다. 자식들이 괘씸했다. 가장 고얀 건 노인을 이곳에 내다버 린 눈먼 병신 자식이다. 그년 때문에 내가 이런 취급을 받 는 거라는 생각을 했다. 결국 노인은 그 방에 남겨졌다.

*

손끝으로 한 줄 한 줄 기도문을 읽어내려간다.
"하나님, 주의 사랑이 충만함을 저는 믿습니다. 아멘."

일 년 후 노인이 기거하던 건물에 불이 났다. 거동이 불편했던 삼층의 노인들과 어느 정신이상자는 모두 질식사로 세상을 떠났다. 나는 텔레비전 뉴스로 그 사실을 알았다. 또 그곳이 불법건축물이며 옛 이름이 용궁장이었다는 것도 보도를 통해 알았다. 나는 곧바로 오 장로에게 전화를 걸었다.

"아멘."

내가 다짜고짜 말했다.

"권사님, 하나님은 권사님을 사랑하세요. 거짓 없이 진심으로 기도하니 응답하시는 거예요."

나는 다시 한번 큰 소리로 "아멘" 하고 대답했다.

2부
가해자의 고백

아버지의 부고 소식을 전해들으며 처음 든 감정은 아쉬움이었다. 영원한 이별 앞에서 인간의 이성은 이토록 무자비하고 이기적이었다. 나는 슬픔을 깨웠다. 상실감이 마음을 채웠다. 전화를 내려놓고 아버지와의 추억을 되새겼다. 코끝에서 진한 곰탕 냄새가 느껴졌다. 후각 세포의 반응이 아니라 순전히 기억 속에 남은 정보가 머릿속 해마를 자극해 만들어낸 허상이었다. 나는 그 사실을 알았지만 지금은 기억에 취하고 싶었다. 도마 위에서 잘게 다져지던 대파를 연상하자 눈가가 매워졌다. 가슴속이 아리고 뜨거워졌다.

거울에 비친 내 얼굴을 들여다봤다. 그리운 아버지의
얼굴이 내 안에 있다. 아버지라면 결코 내가 슬픔에 빠져
있길 원하지 않을 거라 생각했다. 쓸데없는 감정에 빠져
시간을 낭비하지 말고 내 삶에 집중하길 바랄 거라 생각
했다. 내가 아는 아버지는 그런 사람이었다.

나는 열두 살까지 아버지의 등에 업히길 좋아했다. 아
버지는 마른 편이었지만 키가 크고 어깨도 넓었다. 나는
또래보다 한참 작고 연약했다. 그의 나이 마흔다섯에 나
를 얻었다. 어머니는 노산으로 나를 낳고 앓아누웠다가
내가 두 돌도 되기 전에 돌아가셨다. 형님과 누님은 나와
스무 살 가까이 터울이 졌다. 내 기억으로는 유년기 거의
모든 시간을 나는 아버지의 등에 업혀 생활했다. 그는 나
를 업고 식당 일을 했다. 혹여나 내가 잠이 들어도 바닥
에 내려놓을 생각을 하지 않았다. 나는 그의 시간과 희생
을 잡아먹으며 성장했다. 식당은 곰탕을 전문으로 했다.
규모는 작았지만 손님이 끊이지 않았다. 식당 위층이 가
정집이었다. 아버지는 성실한 사람이라 새벽까지 식당
문을 열었다. 살림이 그리 풍족하지는 않았지만 궁색해

본 적도 없었다.

내가 일곱 살 되던 해, 누이가 시집을 갔다. 이듬해 형님도 가정을 꾸렸다. 형님 내외는 분가하지 않고 우리와 살았다. 그들은 내게 무관심한 편이었다. 항상 피곤해 보였고 나를 은근히 귀찮아했다. 형수님이 식당 일에 가세하자 가게는 이십사 시간 영업을 시작했다. 아버지는 서서히 식당 일에서 손을 떼고 카운터에 앉아 정산만 보았다.

나는 아버지의 자랑이었다. 몸은 허약했어도 머리는 영특해서, 시험을 보면 항상 백 점을 맞아 아버지를 환히 웃게 했다. 내게 아버지는 맹목적인 사랑을 베푸는 존재였다. 중학교를 졸업할 때까지 아버지는 내 가방을 대신 들고 등굣길에 동행해주었다. 엄마 없는 애라는 소리를 들을까봐 늘 전전긍긍했다. 옷이며 신발은 항상 유행하는 브랜드 제품이었다. 학용품도 백화점 문구점에서 사주었다. 내가 학원에 다니고 싶다고 말하면 두말없이 보내줬고 과외가 필요하다고 요청하면 말이 떨어지기 무섭게 인근에서 가장 유명한 과외 선생을 붙여주었다. 그만큼 아버지는 자상한 사람이었지만 어머니의 빈자리를 완벽히 채울 수는 없었다. 그나마 누이가 시집을 가기 전에는 그녀를 어머니라 생각하고 따랐다. 집에 형수님이 들어오셨을 때 나는 무척 기대했다. 그녀에게서 어머니의 정을 느끼고 싶었던 것 같다.

처음에 형수님은 나를 제법 예뻐해주었다. 집에서 도넛을 같이 만들기도 하고, 방학 숙제를 도와주며 살갑게 지냈다. 하지만 시집온 지 육 개월이 지났을 때, 갑자기 그녀의 태도가 싸늘해졌다. 형수는 이틀간 이부자리에 누워 꼼짝 않고 울기만 했다. 아버지는 그런 형수를 큰 소리로 나무랐다. 아버지는 형님 내외에게 유독 엄격했다. 자리를 털고 일어난 형수는 더이상 내게 따스한 미소를 지어주지 않았다. 아니, 그녀는 은근히 나를 미워했다. 형님도 형수님도 나를 무관심으로 대하기 시작했다. 그럴수록 내게는 아버지뿐이었다. 그를 기쁘게 해드리고 싶었다. 열심히 공부했고 항상 높은 성적을 유지했다. 그 결과 비록 재수를 거쳤지만 서울 최상위권 대학에 입학했다. 아버지는 뛸 듯이 기뻐하셨다. 같은 서울이지만 집에서 학교까지는 통학할 거리가 아니었다. 아버지는 자취하겠다는 내 고집을 꺾는 대신 외제 차를 입학 선물로 사주셨다. 고가는 아니었지만 우리 형편에 무리한 것은 사실이었다. 형님과 형수님 눈치가 보였지만 점잖은 분들이라 대놓고 불만을 드러내진 않으셨다.

나를 향한 아버지의 사랑은 나날이 깊어졌다. 내가 무엇을 하겠다고 하든지 응원을 보내주신 덕분에 나는 아르바이트 한번 해본 적이 없었다. 군 복무를 마치고는 유럽으로 배낭여행을 떠났고 미국에서 교환학생으로 이 년간 유학을 했다. 아버지는 돈 걱정 말고 하고 싶은 공부를 얼마든지 하라고 격려했다. 그 말에 졸업을 한 학기 남기고 다시 유학 준비를 시작했다. 더 넓은 곳에서 자유롭게 살아보고 싶었다. 아버지는 당연히 내 의견을 지지했고, 나는 구부러진 아버지의 등을 끌어안으며 감사한 마음을 전했다. 노쇠한 아버지의 등은 이제 내 무게를 감당할 수 없을 만큼 가냘프고 위태로워 보였다. 그날 나는 어렴풋이 아버지가 더이상 건재하지 않음을 깨달았다. 서글픈 마음이 드는 한편, 제발 미국에 정착할 때까지 아버지가 버텨줬으면 하는 바람이 생겼다.

식당에 들러 형님과 형수에게 인사를 건넸다. 그들은 삶에 찌든 얼굴로 나를 흘깃 바라보고는 바쁘게 식탁을 치웠다. 그들은 쫓기는 사람인 양 늘 여유 없이 억척을 떨며 살았다. 아들 같던 동생이 먼길을 떠나는데 잘 다녀오라는 한마디조차 건네지 않는 궁색한 마음가짐이 야속하고 한심스러웠다. 그들은 끝까지 나를 돌아보지 않고 식당 일만 했다. 서운하고 서러웠으나 인정머리 없는 사람들에게 인간적 도리를 바라는 것 자체가 어리석었다. 순간 이들과 다른 세계에 몸을 담고 있다는 사실에 안도감이 들었다.

지팡이를 짚고 배웅을 나온 아버지가 어서 갈 길을 가라 재촉했다. 나는 다시 한번 그들에게 인사를 건넸다. 노쇠한 아버지를 맡겨야 하는 죄책감 때문이었다. 그들은 끝까지 나를 돌아보지 않고 자기 일만 했다. 입안이 씁쓸해졌다.

미국에서의 생활은 자유로웠지만 때론 외롭기도 했다. 대학원을 졸업했으나 취업은 아직 생각하고 싶지 않았다. 대학에서 연구원이라는 신분을 얻어 시간을 때웠다. 한국으로는 돌아가고 싶지 않았다. 어느덧 서른세 살이 되었다. 아버지와는 한 달에 두세 번 정도 통화를 했다. 한국에 돌아올 생각이 있냐고만 물었다. 나는 웬만하면 이곳에 자리를 잡고 싶다는 의견을 전했다. 아버지는 늘 그랬듯 나를 이해해주었다. 얼마 뒤 꽤나 큰돈이 아버지로부터 입금되었다. 깜짝 놀라 아버지께 이게 무슨 돈이냐 물었더니 내 정착금이라 하셨다. 이제 곰탕집을 접고 은퇴를 해 더이상 뒷바라지는 못 해줄 것 같다며 미안한 마음을 전했다. 나는 이해했다. 그러고 보니 아버지 연세도 곧 여든이었다. 직접 얼굴을 뵌 지 사 년도 더 지났다. 나는 학기가 끝나면 한번 찾아뵈러 가겠다고 말했다. 그러자 아버지는 한사코 돌아올 필요 없다고 단호히 말했다. 아버지의 목소리는 나날이 쇠약해져갔다.

마지막 통화는 이 주 전이었다. 수화기 너머 아버지의 숨소리가 거칠게 새어나왔다. 내가 걱정하자 아버지는 늙으면 다 그런 거라며 허허 웃으셨다. 요사이 밤낮없이 잠이 쏟아져 정신을 못 차리겠다며 통화를 마무리했다.

"잘 지내고 있거라!"

그것이 아버지의 마지막 인사였다. 나는 하늘에 두고 맹세컨대 아버지의 병을 알지 못했다. 하시는 말씀을 곧이곧대로 믿은 게 잘못이었다. 며칠 뒤 아버지께 전화를 걸었다. 전화기는 꺼진 상태였다. 그다음 날도 마찬가지였다. 걱정스러웠지만 불안한 마음은 들지 않았다. 아버지 옆에는 큰형님 내외가 계시니 별일 없을 거라 안일하게 생각했다. 그리고 사흘 뒤 형님이 아버지의 부고를 전했다. 감정 하나 없이 건조하게 아버지의 죽음을 말하는 형님의 목소리가 비현실적이었다.

아버지는 사 년 전 폐암 삼기 선고를 받았단다. 그는 치료를 거부했고 그때부터 주위를 정리했다. 노인이라 암세포의 전이 속도는 빠르지 않았지만 아무런 치료 없이 여태껏 버틴 것이 기적 같은 일이라고 했다. 그런데 아버지의 사인은 폐암이 아니었다. 머물고 있던 곳에 불이 나 질식사로 죽었다는 것이다. 나는 아버지가 형님과 함께 거주하는 것으로 알고 있었기에 형님 내외는 화를 피하셨냐고 물었다. 그러자 형님은 무언가를 억누르며 힘겹게 말을 이어갔다.

"넌 정말 아무것도 몰랐구나!"

형님은 아버지 장례는 이미 끝났으며 화장해 어머니 묘소 근처에 뿌렸다는 이야기를 전했다. 형님께 묻고 싶은 질문이 가득했는데 머릿속이 과부하가 걸렸는지 입으로 나오는 말은 하나도 없었다. 형님이 전해야 할 용건은 다 전달했다며 일방적으로 전화를 끊었다.

나는 통화가 끊긴 휴대폰을 귀에 대고 한참을 멍하니 멈춰 있었다. 슬픔은 천천히 내 마음속에 고여들었다. 남의 이야기를 전하는 듯한 형님의 딱딱한 목소리가 귓가를 떠나지 않았다. 자리에 앉아 숨을 돌리며 이성을 되찾았다. 머릿속으로 의문들을 정리하며 다시 형님께 전화를 걸었다. 하지만 전화는 연결되지 않았다. 시간을 두고 몇 차례 더 통화를 시도했지만 헛수고였다. 형님 역시 갑작스러운 아버지와의 이별로 정신이 없을 거라 짐작했다. 당장 한국으로 가고 싶었지만 때마침 공동 프로젝트 제안을 받아 시간을 낼 수가 없었다.

형님과 다시 통화를 하게 된 것은 내가 수십 통의 전화를 걸고 나서였다. 그제야 나는 형님이 내 전화를 피하고 있다는 사실을 알아차렸다. 형님은 이번에도 녹음된 기계처럼 적어둔 내용을 읽듯이 자기 용건만 전했다.

"너에게 해줄 건 더이상 없다. 너도 적지 않은 나이니 알아서 살거라! 앞으로는 따로 연락할 필요도 없다."

내가 한마디 파고들 새 없이 전화는 일방적 단절만을

통보하고 끊어졌다. 나이 차가 많이 나는 형제라서 아웅다웅 정을 나눌 시간은 없었지만 그래도 한집에서 이십 년 넘게 같이 살았다. 아무리 형님 내외가 무심하고 매정한 성격이라 해도 이런 태도는 과한 처사였다. 아버지가 보고 싶었다. 언제나 내게 사랑을 베풀어주던, 온전히 내 편이었던 나의 아버지. 다시 한번 그 등에 기대고 싶었다.

*

한국행을 결심한 것은 내 아버지가 어쩌다 홀로 돌아가셔야 했나를 알고 싶어서였다. 아버지의 마지막 흔적을 찾고 싶었다. 형님을 만나 따지고도 싶었다. 나도 그분의 자식이다. 왜 나를 빼고 장례를 마음대로 치러버렸는지 변명이라도 듣고 싶었다.

우리 가족이 살았던 낡고 오래된 상가주택은 시간이 멈춘 듯 그대로였다. 일층 식당의 간판도 여전했다. 바뀐 건 일을 하는 사람들뿐이었다. 식당 안에 형님 내외의 모습은 보이지 않았다. 점심식사 시간이 지나서인지 식당

에 손님은 하나도 없고 중년 부인이 홀로 카운터 앞 의자
에 앉아 텔레비전을 보고 있었다. 낯선 사람이었다. 의아
함에 순간 움찔했다. 아버지는 사람 쓰는 것을 극도로 질
색했다. 특히 가족이 아닌 타인이 부엌에 들어가는 것을
병적으로 싫어했다.

　나는 짐 가방을 문 앞에 두고 유리문을 밀고 들어가
형님과 형수를 찾았다. 여자는 내가 손님이 아니라고 하
자 부엌에 대고 사장을 불렀다. 곧이어 부엌에서 앞치마
차림의 처음 보는 중년 여성이 고무장갑을 벗으며 밖으
로 나왔다. 나는 용건을 묻는 여성 앞에서 두 눈만 껌벅
였다. 곰탕집을 형님이 이어받아 운영하고 있을 거라고
막연히 생각했다. 아버지에게 받았던 정착금의 출처가
이제야 이해됐다.

　나는 언제 식당을 인수했는지 물었다. 그녀는 수상한
눈길로 나를 위아래로 훑어보며 사 년 정도 됐다고 대답
했다. 듣고 싶지 않은 진실이었다. 나는 그대로 식당을
나와 누이에게 전화를 걸었다. 내가 떠나 있던 사이 무슨
일이 있었던 건지 알아야 했다. 누이는 썩 반갑지 않은
투로 전화를 받았다. 내가 한국에 들어왔고 지금 집에 왔

는데 모르는 사람이 식당을 운영하더라 말하며 이게 어찌 된 사정인지 물었다. 누이는 길게 한숨을 내쉬었다.

"너 정말 아무것도 모르는구나!"

누이는 그동안 가족에게 일어났던 일들을 차분히 이야기했다.

"사 년 전에 아버지가 암 판정을 받자마자 식당과 건물을 몽땅 팔았어. 오빠랑은 아무 상의도 없이 말이야! 그리고 자기 전셋집 얻을 돈 약간을 빼고는 몽땅 네게 송금했어. 넌 그 큰돈이 어디서 난 건지 정말 몰랐니?"

누님의 질문에 비난이 섞여 있다는 것을 알았다. 나는 아무 대꾸도 하지 못했다. 펄떡이는 양심이 재갈을 물렸다.

"아버지는 나고 오빠고 간에 너와 연락하는 것조차 용납하지 않으셨어. 너는 다른 세상에 산다며 우리가 네 앞길을 막지 말아야 한다고, 쓸데없는 일로 네 시간을 빼앗아서는 안 된다고 했지. 비정한 노인이야…… 아버지한테는 너만 자식이었어. 돌아오지 말지 그랬니! 이런 사실을 굳이 알 필요 없었을 텐데. 지금이라도 그만 돌아가. 그게 아버지가 바라는 걸 거야."

나는 누이의 말이 끝날 때까지 땅만 보고 있다가 천천히 고개를 들었다. 새파란 고국의 하늘이 눈을 시리게 만들었다. 힘겹게 입을 뗐다. 달라붙었던 입술이 벌어지며 상처가 났다. 입안에 피 맛이 퍼져갔다.

"형님은 어찌 사세요?"

바늘이 내 심장을 꼭꼭 찌르는 것 같았다. 양심의 가책이 이런 기분이라는 것을 처음 느껴보았다.

"얼마 전에 경기도에 겨우 식당 하나 냈어. 오빠는 너 보고 싶지 않을 거야. 너한테 아버지는 좋은 사람이었겠지만 다른 자식들에게 아버지는 용서할 수 없는 사람이야. 더구나 오빠는 평생 노예처럼 부려지다 결국 버려졌으니 그 배신감이 오죽하겠어. 어머니 모신 선산에 아버지를 뿌렸으니, 그곳이나 가보든지 하고 돌아가. 그리고 이제 나한테도 연락하지 않았으면 좋겠다. 야속하다 생각하지 마라! 사실 나도 너 보기 힘들다. 널 생각하면 아버지가 떠오르고, 원망하지 않으려 해도 자꾸 너까지 미워진다."

"죄송해요."

아버지 대신 사과는 했지만, 사실 나는 누이가 아버지

게 가졌던 불만을 이해할 수 없었다. 막내에게 애정을 쏟는 것은 당연했다. 어쨌든 내가 태어났을 때 다른 형제들은 성인이었으니 말이다. 누이가 전화를 끊을 태세라 나는 마지막으로 아버지의 죽음에 대해 물었다.

"궁금해하지 않기를 바랐는데, 네가 오빠를 오해하고 원망할까봐 말한다. 너에게 재산을 몽땅 보내고 아버지는 반지하 전세방을 얻었어. 오빠 부부에게는 그 어떤 언질도 없었고 이삿날에야 통보했지. 그러고는 뻔뻔스럽게 자신이 죽을 때까지 봉양하고 간병하라고까지 했어. 그 상황을 순순히 받아들일 사람이 있겠니? 오빠 내외가 아버지를 떠났어. 내가 돈 오백을 해줘서 겨우 월세방을 구했고. 그때 생전 처음으로 분가라는 것을 했지. 두 사람 고생 참 많았어. 오빠는 일용직도 나가고 택배 상하차도 뛰면서 지독하게 돈을 모으더라고. 새언니도 식당에 나가서 열여섯 시간씩 일하고, 한 이 년 만에 전셋집 얻을 돈을 겨우 만들었어. 이제 좀 사람답게 사나 싶었는데, 이 철면피 노인이 두 사람 사는 집을 어찌 알았는지 반송장이 돼서 자기를 봉양하라며 찾아와 누워버렸단다. 새언니가 그렇게 발작하는 건 처음 봤어. 도저히 한

집에서 같이 못 산다고 근처에 방을 얻어주는 것으로 타협을 본 거야! 오빠 불쌍한 사람이야! 맏이라는 이유로 병든 아버지를 끝끝내 떠맡았으니.”

“화재는 왜 난 거예요?”

“그 건물 이층 사는 남자가 술에 취해 불을 질렀나봐. 원래 정신이 좀 이상한 남자였는데 방화전과가 있었다나……. 근데 너 혹시 남은 유산 바라고 찾아온 거니?”

누님의 의심이 무척 서글펐다. 우리 형제가 왜 이런 경박한 사이가 되어버렸나? 참담하다못해 눈물이 쏟아질 것 같았다.

“암튼 넌 아버지의 좋은 기억만 간직해라. 잘 돌아가고. 그만 끊는다.”

나는 답답한 마음을 어쩌지 못하고 날이 저물 때까지 거리를 방황하다 근처 호텔에 체크인했다. 방 안에서 잠시 생각에 잠겼다. 아버지가 마지막으로 거처했던 곳에 가서 그의 흔적이라도 기억에 남기고 싶었다. 누님께 다시 전화를 걸었다. 이제 그녀는 자신의 감정을 감추지 않고 그대로 표현했다.

“전화 안 했으면 좋겠다고 했지. 너 뭘 원하길래 이러는 거니?"

카랑한 누님의 목소리가 공격적이었다.

"아버지 살았던 곳에 가보고 싶어요."

누님이 못마땅한 듯 혀를 찼다.

"아주 효자 나셨네. 메시지로 보내줄게. 이게 마지막 연락이었으면 좋겠다."

전화가 끊어지고 주소가 적힌 메시지가 도착했다.

내가 그곳에 도착했을 땐 건물 철거가 끝나고 공터만 덩그러니 남아 있었다. 석연치 않은 생각이 들었다. 사건이 벌어진 지 겨우 한 달이 지났다. 현장 처리 속도가 수상할 정도로 빨랐다. 또 건물이 통째로 전소했는지는 모르겠지만 불이 났다고 해서 사건현장의 잔해를 몽땅 밀어버렸다는 것이 이해되지 않았다. 주변을 둘러봤다. 새로 개발된 신도시라 건물들이 모두 깨끗하고, 고층이었다. 한 블록을 내려가자 관공서들이 모여 있었다.

나는 파출소 건물로 들어가 안내창구에 앉아 있던 단발머리 여성에게 얼마 전 있었던 화재에 대해 궁금한 것이 있어 찾아왔다고 용건을 밝혔다. 그녀는 단춧구멍같이 작은 눈으로 내 얼굴을 불순하게 살폈다.

"신분증 주시고요. 팀장님, 용궁장 때문에 방문하셨다네요."

창구 안쪽 책상에 앉은 남자가 돌아보지도 않고 용궁장 사건은 여기저기 신문에 나왔으니, 인터넷으로 찾아보라고 성의 없이 대꾸했다. 여자는 내 신분증을 돌려주며 사건과 어떤 관계가 있냐고 물었다. 나는 유가족이라고 나를 소개했다.

"유가족이요? 합의는 끝나지 않았나…….."

여자는 의심스럽다는 눈빛으로 나를 위아래로 빤히 훑어봤다.

"제가 궁금한 건, 현장이 어떻게 저리 빨리 철거될 수 있냐는 겁니다."

"사건이야 종결됐고, 건물이야 사유진데 어떻게 하든 우리가 상관할 일이 아니죠. 미관상의 이유든 안전상의 이유든 빠른 철거가 잘된 일이기도 하고요."

대화를 듣고 있던 여자의 상사가 무거운 엉덩이를 일으켰다. 그가 창구 앞으로 걸어나왔다.

"선생님, 유가족이라고 하셨죠?"

"네, 그런데요."

나는 위로의 말을 기다리며 눈을 내리깔았다.

"내 인간적으로 한마디하겠습니다. 사람이 어떻게 그런 곳에 가족을 방치할 수 있는 겁니까? 당신들도 방임, 방조죄로 다 처벌받아야 해! 뻔뻔하게 합의금 더 받아낼 생각으로 쑤시고 다니나본데, 정신 차려요! 인생 그렇게 살지 말고."

예상치 못한 원색적인 비난이 내게 쏟아졌다. 황당했다. 수치심으로 얼굴에 열이 올랐다. 반박을 하고 싶었는데 입이 딱 달라붙었다. 도망치듯 경찰서를 빠져나오자 차가운 가을바람이 뺨을 때렸다. 억울하고 분했다. 씩씩대며 발을 옮겼다. 펜스가 쳐진 공터를 지나치자 커다란 정원이 딸린 교회가 보였다. 나는 개방된 정원으로 들어가 나무벤치에 앉아 숨을 골랐다. 아무리 곱씹어도 내가 왜 비난세례를 받아야 하는지 도무지 이해되지 않았다. 억울해 미칠 것만 같았다.

스마트폰을 꺼내 '○○시 화재'를 검색했다. 몇 개의 기사가 나왔다. '○○시 용궁장 방화사건' 혹은 '사회취약계층의 죽음'이란 제목을 달고 사건을 다룬 기사들이었다. 사진 속 불에 탄 건물은 흉물스럽다못해 기괴했다. 방금 전의 비난이 피부를 따갑게 찔러댔다. 아버지가 이런 곳에서 병마와 살았다는 생각에 눈가가 후끈해졌다. 내 무심함이 후회스러웠다. 아버지의 쓸쓸한 죽음이 죄책감이 되어 나를 괴롭혔다. 한편으로는 형님에 대한 화가 솟구쳤다. 자식이 돼서 어떻게 아버지를 이런 곳에 방치할 수 있단 말인가?

결국 형님을 만나봐야겠다는 생각이 들었다. 아무리 아버지한테 서운한 마음이 있었다 해도 그분은 세상에 나를 있게 한 존재다. 자식을 사랑하지 않는 부모는 세상에 없다. 단지 부모도 인간이기에 애정의 분배가 차별적일 수는 있다. 그 정도는 이해하고 용서해야 성숙한 인간이라 생각했다. 도무지 내 상식으로는 형님이 이해되지 않았다. 하지만 비난은 우선 접어놨다. 아버지의 선택이래도 결국 형님과 아버지 사이가 그렇게 된 데는 내 책임도 있었다. 혜택을 받고 자란 게 죄가 돼버렸다. 누님의 말처럼 가장 큰 피해를 본 사람은 형님이다. 나는 그를 원망할 자격이 없다는 생각에 이르렀다. 똑같은 사람이 되지 않고자 나는 용서를 선택했다. 그리고 나니 굳이 나

를 반기지도 않는 사람들을 찾아가 내 귀한 시간을 낭비
할 필요가 없겠다는 확신이 들었다.

공터나마 다시 가까이서 눈에 담고 싶었다. 어쨌든 아
버지가 머무른 마지막 거처였다. 길가에 서서 담장이 둘
러쳐진 공터 안을 들여다봤다. 아버지의 처량한 최후가
가슴 아팠다. 그때 오토바이 한 대가 길가에 정차했다.
중년 남자가 헬멧을 벗고 내 쪽으로 다가왔다. 주름진 얼
굴과 달리 머리카락은 유난히 새카맸다. 그가 나와 적당
히 거리를 두고 서더니 공터를 주시했다. 내가 스마트폰
을 꺼내 공터를 배경으로 사진을 몇 장 찍자 남자의 관심
이 나를 향했다.
"어떻게 오셨습니까?"
그가 내게 물었다. 나는 뜻밖의 질문이라 반사적으로
유가족이라고 말해버렸다. 그러고는 그의 눈치를 살폈
다. 경찰서에서 당했던 불쾌한 경험이 나를 소심하게 만
들었다.
"유가족이라고요?"
남자가 의아한 눈빛으로 내 얼굴을 뚫어져라 바라봤

다. 그러고는 경계하듯 말했다.

"장례식장에서 뵌 적 없는 것 같은데요. 제가 이곳의 관리인이었습니다. 합동 장례식장에 몇 번이나 찾아갔죠."

"아! 저는 개인 사정 때문에 장례식에는 참석하지 못했습니다. 김희덕씨의 아들입니다."

남자의 눈빛에서 의심이 좀 가라앉은 듯 보였다.

"사고는 유감입니다. 근데 무슨 일로 여기까지 찾아오셨나요? 합의 보상은 다 끝난 거로 아는데."

나는 긴장했던 마음이 풀려 사실대로 털어놓았다. 외국에 살고 있어서 이제야 찾아왔으며, 이런 곳에서 아버지가 허망하게 돌아가셨다고 하니 자식 된 입장에서 참담할 뿐이라고 고개를 떨궜다.

"김희덕 어르신이라면 몇 번 이야기를 나눈 적이 있죠."

남자가 다시 공터를 바라봤다. 나도 남자의 시선을 따라갔다. 그의 시선이 멈춘 곳에 아버지가 거처한 방이 있었겠다고 어렴풋이 짐작했다.

"큰아드님과 며느님이 고생 많으셨죠. 노인이 고약한 성격이셔서 요양보호사를 붙이면 한 시간도 못 버티고 달아났습니다. 걸핏하면 자식들 집이든 식당이든 찾아가 행패를 부리시고. 이 건물에 살던 주민들 중 가장 염치없고, 낯두꺼운 분이셨죠. 효도는 효도대로 받다가 돌아가셨고요."

나는 타인에게 듣는 아버지의 모습을 믿을 수가 없었다. 내가 아는 아버지는 그런 사람이 아니었다.

"뭘 착각하신 거 아니세요? 아버지가 좀 엄격하긴 하셨지만, 경우가 없는 분은 아니셨어요."

"폐암 투병하시던 분 맞잖아요. 그분 이야기하는 겁니다. 자식을 종처럼 부리던 분. 이 건물에 살던 사람들은 하나같이 다 문제를 갖고 있었어요. 사고가 있고 장례를 합동으로 치르는데 아주 볼만하더이다. 죽은 사람 추모하는 이 하나 없는 장례식은 내 처음 봤습니다."

나는 남자가 나를 비난하고 있다는 것을 알았다. 입을 열어봤자 변명으로 들릴 것이었다. 또 내가 저 남자에게 시시콜콜한 사정을 이야기할 필요도 없었다. 그러나 한마디는 해야 했다.

"건물의 관리인이셨다고요? 그럼 아저씨도 사건의 피의자 중 하나네요. 대체 건물 관리를 어떻게 했길래 참사가 난 겁니까?"

남자의 눈을 노려보며 책임 소재를 따졌다. 그는 어이 없다는 듯 콧방귀를 뀌며 말했다.

"당신 늦었어! 보상금을 더 뜯고 싶었으면 그때 개떼처럼 몰려와서 송장값을 두고 물어뜯을 때, 그때 왔어야지! 철면피가 따로 없군. 제 부모 고려장해놓고 이제 와 책임을 따져? 에라, 이 미친놈아! 네 애비에게 좋은 것 물려받았다."

남자의 모욕은 얼굴에 침을 맞은 것처럼 치욕스러웠다. 그가 나를 경멸하듯 노려봤다. 그러고는 세워둔 오토바이로 향했다.

"거기 서요! 사과하세요, 사정도 모르면서 말 함부로 하지 마시라고요."

헬멧을 쓴 그가 내게 말했다.

"사과 같은 소리 하네. 쓰레기 같은 놈……. 사정? 사정은 무슨, 변명이겠지! 장례식장에서 제일 많이 들은 소리가 뭔지 알아? 잘 죽었네, 잘 갔네 하는 산 자를 위한 위로였어. 왠지 알아? 그만큼 당한 거야. 죽이고 싶을 만큼 말이야! 너는 모르겠지……. 혜택만 받고 책임은 져보지 않았으니! 그리고 이 머저리야, 난 이미 무혐의 받았거든.”

남자가 쌩하니 오토바이를 몰고 가버렸다. 황당했다. 남자의 말을 이해할 수 없었고 사실이라고 믿고 싶지도 않았다. 이곳에서 내가 왜 사람들에게 일방적인 비난을 들어야 하는지도 알 수가 없었다. 나는 그저 아버지를 추모하고 싶었을 뿐인데.

분하고 원통한 마음을 이끌고 다시 교회 벤치에 앉았다. 거대한 교회 그림자가 내 위로 서늘한 그늘을 만들었다. 한기가 몸을 잡아끌어 외투 깃을 오므렸다. 댕댕. 교회 철탑에서 종이 울렸다. 그 소리가 내 이성을 깨웠다. 아버지는 정말 그런 사람이었을까? 아버지가 행패를 부리는 모습이 도무지 상상이 되지 않았다. 만일 남자의 말이 거짓이라면 그를 고소해야겠다고 결심했다. 망자라 해서 모욕당할 이유가 없다. 상황을 자세히 알아야 했다. 나는 형님의 번호로 전화를 걸었다. 기다리기라도 한 듯 전화는 금세 연결됐다. 형님의 목소리에는 명백한 적의가 느껴졌다.

“원하는 게 뭐니? 그만큼 받았으면 됐지! 욕심이 끝이 없구나.”

"형님께 뭘 받아내겠다고 생각한 적 없습니다. 다만 저는 자식 된 도리를 하고 싶어서 귀국한 겁니다."

"자식 된 도리? 이제 와서?"

형님은 한동안 침묵했다.

"그래, 네 아버지가 기뻐하시겠구나! 그런데 왜 내게 연락한 거냐?"

나는 형님의 냉담함에 마음이 상했다. 하지만 형님을 이해했다.

"아버지 계셨던 곳을 돌아봤어요. 이 근처에 형님도 사신다고 해서 얼굴이나 뵙고 가려고요."

"굳이 그럴 것 없다."

"아뇨, 형님. 뵙고 확인하고 싶은 것도 있고요. 드릴 말씀도 있어요."

형님은 탐탁지 않은 목소리로 주소를 알려주었다. 나는 그가 일러준 대로 그의 식당을 찾아갔다. 형님은 식당 문 앞에 나와서 담배를 태우고 있었다. 식당은 곰탕 전문점이었다. 내부에는 사인용 테이블이 여섯 개 정도 있었다. 식당 유리문에는 브레이크 타임 팻말이 걸려 있었다. 형님의 미간은 줄곧 찌푸려진 채였다. 형수는 부엌에서 나와보지도 않았다. 그들의 행태가 너무 야박했다. 오랜만에 마주한 형님은 부쩍 늙어 있었다. 나는 그의 얼굴에서 아버지를 찾았다. 하지만 형님의 얼굴 어디에도 아버지의 인자함은 없었다. 딱딱한 분위기가 풀릴 것 같지 않아 내가 먼저 가볍게 말을 시작했다.

"저는 아무리 먹어도 곰탕은 질리지 않았어요. 우리 아버지 곰탕, 정말 진하고 맛있었는데."

형님은 대꾸하지 않았다. 내가 고개를 숙이며 사과했다.

"죄송해요. 집안 사정 모르고 무심하게 살았어요."

형님은 한동안 아무 말도 하지 않다가 짧게 한마디를 뱉어냈다.

"……다 했으면 가라."

나는 고개를 들고 형님을 바라봤다. 이글대는 눈이 나를 매섭게 노려보고 있었다. 나는 이렇게까지 나를 적대하는 형님을 이해할 수 없었다. 하지만 아랫사람의 도리라 생각하고 먼저 화해를 청했다.

"형님, 아버지 잘못 아니에요. 다 저를 위해 그러신 거예요. 그러니 아버지에 대한 원망은 이제 거둬주시고, 돌아가신 분을 그만 용서해주세요. 대신 저를 나무라세요.”

내 말이 끝나기 무섭게 형님의 눈가가 붉어졌다. 뿌드득 이 가는 소리가 소름 끼치게 들렸다.

“이 개같은 자식!”

형님이 부르르 떨며 내게 소리쳤다. 그의 분노가 이토록 클 거라고는 상상도 못했다.

“용서? 네가 뭘 안다고 용서야! 곰탕이 안 질린다고? 난 이 누린내가 신물이 날 지경이다. 그 사람 자식으로 태어나서 평생을 소뼈를 고며 살았어! 너야 네 입에 넣는 것밖에 해본 적 없으니 그따위 소리를 해대겠지. 그 인간 뒤에 숨어 내 청춘을 거머리처럼 빨아먹어놓고는, 뭐? 용서?”

형님의 주먹이 부르르 떨리더니 식탁을 내려쳤다. 그의 폭력적 분노가 가까스로 방향을 튼 것 같았다. 큰 소리에 심장이 들썩였다. 소란을 듣고 부엌에서 형수가 뛰어나와 형님의 어깨를 잡으며 진정시켰다.

“그만해! 도련님은 그만 가세요.”

나를 향한 형수님의 시선도 차갑기 이를 데 없었다.

“아니, 기다려! 너도 네 애비 실체를 제대로 알아야지.”

"여보! 이제 와 무슨 소용이 있다고 그래."

형수가 형님을 말렸다.

"아뇨, 형수님. 형님 말리지 마세요. 형님, 한번 말씀해 보세요. 저도 따질 게 있으니."

나도 형님을 똑바로 바라봤다. 이들에게까지 내가 이런 취급을 받을 이유가 없었다. 내 말이 끝나자 두 내외가 동시에 나를 죽일 듯 노려봤다.

"네가 나한테 따질 게 있다고? 허 참! 너는 네 애비를 똑 닮았구나. 내게 따진다고?"

"아버지가 도대체 뭘 그리 형님 내외에게 잘못했다고 돌아가신 분을 함부로 말하는 거예요?"

"뭘 잘못했냐고? 우리 부부가 노예처럼 살았다는 것을 너는 몰랐다는 거지? 몇십 년을 두 눈 똑똑히 뜨고 봤으면서."

"노예요? 아버지가 형님을 노예로 부렸다고요?"

"그래, 우리는 그 사람한테 머슴보다 못한 취급을 받았어. 머슴은 새경이라도 주었지, 우리는 제대로 된 월급조차 받아본 적 없다. 사람을 밤낮으로 부려대면서 말이야. 네 아버지가 얼마나 악마였는지 모르지? 이 사람한테 무슨 짓을 했는지 알아……?"

형님이 의자에 주저앉아 두 손에 얼굴을 묻고 짐승처럼 오열했다.

"도련님, 잘 들어요. 당신 형님과 내가 그 사람 밑에서 어떻게 살았는지!"

형수가 손으로 가슴을 연신 쓸어내렸다. 하지만 울분이 진정되지 않는지 목소리가 떨렸다.

"그 사람은 내가 임신만 하면 더 혹독하게 일을 부려댔어. 내가 세번째 유산을 했을 때 비로소 속마음을 이야기하더라고. 애를 떨굴 요량이었다고. 너희는 어차피 애 낳아봤자 멍청한 유전자나 물려줄 게 아니냐고. 없는 살림인데 집안을 일으킬 사람한테 모든 지원을 몰아주는 게 낫지 않겠냐고. 그러니 영특한 도련님을 위해 뒷바라지나 하라고. 그게 당신 아버지란 사람이야! 인건비 아껴야 한다고 사람을 쓰지도 않고 이십사 시간 식당을 운영하게 했어. 수중에 돈이 생기면 딴마음을 먹을지도 모른다면서 월급 한푼 주지 않았어. 대신 애지중지하던 막내아들 공부가 끝나면 우리에게 식당을 물려주겠다고 입버릇처럼 말했지. 간사하고 비열한 늙은이!"

형수가 쪼그려앉아 결국 내려보내지 못한 울분을 터뜨렸다.

"도련님은 몰랐다고 하지 마! 다 알았잖아, 이렇게 산 우리한테 뭘 따지러 왔다는 건데? 뭘? 평생 곰탕밖에 끓일 줄 몰랐던 우리를 맨몸으로 내쫓아놓고 뭘 따지겠다는 거냐고? 여지껏 병든 늙은이 한번 들여다본 적 없으면서 뭘, 뭘?"

형님이 형수를 부축해 일으켰다.

"가라! 다시는 보지 말자!"

형님이 씹어 뱉듯 말했다. 나는 무언가에 홀린 듯 천천히 일어나 문으로 향했다. 입속에 내뱉지 못한 말이 고여 있었다. 결국 참지 못하고 형님 내외를 향해 돌아섰다.

"형님, 어느 면에서는 아버지도 피해자예요. 평생 자식만 보고 사셨잖아요. 그 허름한 곳에서 쓸쓸히 돌아가셨잖아요. 비난만 마시고 아버지에 대한 연민도 가질 줄 아세요."

내 말이 끝나기도 전에 형수는 벼락이라도 맞은 것처럼 벌떡 일어나 부엌으로 들어갔다. 나는 식당 문을 열고 밖으로 나갔다. 그때 뛰어나온 형수가 내게 소금을 한줌

집어 뿌려댔다. 나는 황망히 형수를 쳐다봤다.

"이 악마! 마귀새끼…… 당장 내 눈앞에서 꺼져버려! 이 마귀새끼……!"

형수가 악다구니를 쓰며 내게 계속 소금을 뿌려댔다. 지나가던 행인들이 걸음을 멈추고 우리를 구경했다. 나는 황급히 자리를 피했다. 형수의 악다구니가 내 등을 후려쳤다. 평생 이토록 치욕스러웠던 적이 없었다. 할 수만 있다면 오늘을 내 인생에서 지우고 싶었다.

*

식당 앞은 아내가 뿌린 소금으로 새하얗다. 녀석이 돌아가고 아내와 마주 앉아 하나님께 기도를 올렸다.

'하나님, 우리에게 평화를 주셔서 진심으로 감사드립니다.'

아버지의 영정 앞에서도 우리는 같은 기도를 올렸다. 그 긴 세월 하나님을 믿지 않았다면 우리 부부는 그 사람을 견뎌내지 못했을 거다. 그 사람은 귀신이다. 아무리 떨궈내고 도망쳐도 어떻게든 우리를 찾아내 달라붙어 괴롭히려 들었다. 아내가 아버지 음식에 수면제를 타고 있다는 사실을 알고도, 나는 못 본 척했다. 구할 수 있다면 더한 것도 타고 싶은 심정이었다.

사고가 있고 장례를 치를 때는 일부러 녀석에게 연락하지 않았다. 내 나름의 복수였다. 아내도 나도, 결혼으로 아버지에게서 도피했던 여동생도 장례 내내 눈물 한 방울 흘리지 않았다. 대신 우리는 보상금을 어떻게 나눌지 조율했다. 자꾸만 웃음이 나서 헛기침을 해댔다. 아내는 우리가 교회를 열심히 다녀 복이 찾아온 거라고 말했다. 건물의 관리인이 문상을 왔다. 그는 고인에게 조문하는 대신 내 빈 잔에 소주를 따라주고 갔다. 거룩교회 식구들도 몰려왔다. 오 장로님은 작은 상가 한 칸이 남아 있으니 다시 식당을 열면 좋겠다고 조언해주고 가셨다.

나는 아버지 영정에다 말했다.

"잘 갔어! 아주 잘 갔어! 아버지, 가줘서 진짜 고마워."

고된 일로 뒤틀리고 구부러진 아내의 손을 소중히 잡았다. 아내도 내 손을 마주잡았다. 아버지의 죽음은 우리에게 구원이자 해방이었다.

3부
설계자의 고백

사람을 이해해야 한다. 오 여사는 내게 감정을 학습시
켰다. 나는 분노와 애정은 알았지만 그 외의 감정에 대해
서는 제대로 인식하지 못한다. 하지만 이런 나 역시 사람
이다. 티끌 하나 없이 완벽하게 태어난 인류는 세상에 존
재하지 않는다. 공감력의 부재는 아주 사소한 장애일 뿐
이다.

나는 학습된 감정을 세 가지로 구분했다. 무관심, 애
정, 적의. 제한된 감정 때문에 타인과의 관계에서 불편함
을 느낀 적은 없었지만 나는 상대의 감정을 읽는 능력을
키워야 했다. 그건 사회에 받아들여지기 위한 내 나름의

타협이었다.

오 여사는 내게 애정을 갖고 있다. 그것은 변하지 않는 진실이다. 그녀는 내가 평범함에서 벗어난 특별한 존재이며 그것은 축복이라고 했다. 자신이 만든 피조물 중 최고라고 강조했다. 그녀는 나에 대한 애정을 삶을 통해 증명해나갔다.

"너를 위해 왕국을 지을 거야. 그 든든한 반석 위에 너를 앉히고 말 거야. 그게 내게 주어진 사명이야."

오 여사의 신도시 구상 계획은 이십 년 전으로 거슬러 올라간다. 서울과 인접한 위치라는 사실 외에는 아무런 호재가 없던 작은 촌 동네가 오 여사의 눈에 들어왔다. 그녀는 오랜 시간 조용히 토지를 모아왔다. 왕국을 건설할 만큼의 부지가 매입되자 자신이 운영하던 용산의 러브호텔들을 처분해 작은 건설업체를 인수했다. 오 여사가 가장 중요시 여긴 것은 성전 건축이었다. 거룩교회는 오 여사가 직접 도면을 그리고 설계까지 맡았다. 이후 교회를 중심으로 오피스빌딩들이 공사를 시작했다. 그즈음 정부가 신도시 개발 부지를 선정했다. 지하철 연장 발표도 있었다. 우연과 행운이 오 여사를 향해 달려왔다. 공사를 시작한 왕국은 신도시의 중심 상권이 됐다. 도시 개발에 속도가 붙었다. 민자도로가 서울과 연결되고 지하철 연장 공사가 시작됐다. 도시 외곽으로 아파트 단지가 속속 들어섰다. 겨우 십만이었던 도시 인구수는 이제 육십만에 이르렀다. 이십 년 만에 벌어진 천지개벽이었다. 탈서울화가 가속될수록 인접한 도시가 수혜를 입었다. 도시는 계속 성장중이다.

오 여사가 세운 거룩교회는 이 도시의 랜드마크다. 현재 등록신도가 오만 명에 달했고, 지하철이 개통되며 성도는 계속 늘어가고 있다. 교회 부속시설 건립이 필요해진 오 여사가 처음으로 내게 부탁을 했다. 용궁장을 손에 넣을 방법을 함께 고민해달라고. 권태롭고 따분하기만 했던 차에 용궁장이라는 유희거리가 던져졌다. 재미있을 만한 계획들이 머릿속에서 조립됐다. 나는 용궁장을 커다란 쓰레기통으로 만들기로 했다. 오 여사에게 계획을 밝히자, 그녀는 늘 그랬듯 내게 한없는 믿음으로 화답했다.

정돈된 도시를 천천히 산책한다. 철저히 계획된 도시답게 상업지역과 주거지가 분리되어 있다. 인도는 반듯하고 자전거도로와 버스통행차선이 질서정연했다. 시야에 들어오는 모든 광경이 나를 기분좋게 만들었다. 오 여사의 왕국은 완벽했다. 나는 이 도시의 시작을 떠올렸다. 농토에 나부끼던 붉은 측량 깃발들. 그사이로 대로가 생기고, 농토가 평지가 되고, 아파트와 상가가 들어서고, 외지인이 이주해오고, 옛 시내가 신시가지로 이동해 새로운 상권이 조성되는 시간들이 눈앞에서 흘러갔다.

오 여사와 나는 도시가 한참 조성되던 십 년 전에 이곳으로 이주했다. 그땐 온 천지가 공사판이었다. 우리는 컨테이너에 사무실을 차렸다. 오 여사는 건축업자들을 상대하며 공사판을 종횡무진했다. 내가 맡은 일은 기존 주민들과의 화합이었다. 인심을 얻는 방법은 간단했다. 상대에게 잊지 못할 만큼의 부채를 심어주기만 하면 됐다. 서울에서 땅을 보러 내려오는 손님들을 기존 토박이 부동산업자들에게 배분해주었다. 중개계약을 할 때면 내게 호의적인 업자를 끼워서 수수료를 나누었다. 호의와 나눔은 호감을 얻는 기본 원칙이었다. 내가 겸손하고 예의를 아는 사람으로 알려지며 나와 오 여사는 자연스럽게 도시에 스며들어갔다. 멀리 오피스빌딩 유리창에 햇빛이 반사되어 반짝인다. 건물들은 모두 정해진 위치에 존재한다. 나는 이 도시가 좋다. 정확히는 오 여사가 창조한 완벽한 왕국이 좋다.

지하철역을 향해 걸었다. 유치원에서 아이들이 올망졸망 뛰어나왔다. 노란 유치원 버스가 문을 열고 아이들을 기다렸다. 우체국과 파출소가 나란히 있고 노인복지관을 지나면 다시 상가건물이 시작된다. 상가에는 공실한 칸 없이 편의시설들이 들어차 있다. 그리고 문제의 용궁장이 거룩교회와 등을 맞대고 있다.

용궁장은 깨끗이 닦아놓은 유리잔의 지워지지 않는 얼룩이다. 성스러운 이 도시의 유일한 오점이다. 건물도 주인이 돌봐야 늙지 않는다. 용궁장은 버려진 개처럼 지저분하고 흉측했다. 딱 세 번 저 안을 들여다본 적이 있었다. 내부는 상상보다 더 끔찍했다. 벽은 온통 검은 곰팡이로 뒤덮여 있고, 바닥은 군데군데 꺼져 있었다. 천장에서는 분진 같은 가루가 안개처럼 풀풀 날렸다. 발밑은 질퍽댔다. 갈색 물줄기가 거미줄처럼 금간 벽을 타고 흘러내려왔다. 용궁장 안에서 가장 지독한 것은 냄새였다. 여름철 정화조에서나 날 법한 메탄가스 냄새가 온 건물에 가득차 있었다. 나는 추접한 욕망에 냄새가 있다면 바로 용궁장에 밴 이 냄새와 같을 거라고 생각했다.

오 여사는 요 몇 년간 용궁장의 소유자에게 몇 번이나 물을 먹었다. 매입 의사를 전할 때마다 땅값이 올라갔다. 불쾌함을 잘 내비치지 않는 오 여사가 용궁장 이야기만 나오면 고개를 절레절레 흔들어댔다. 용궁장을 실질적으로 관리하는 사람은 구시가지의 부동산업자다. 그와는 공동중개를 몇 차례 함께 진행하며 안면을 익혔다. 사실 다분히 의도적으로 그에게 접근했다. 내 계획에 그가 필요했기 때문이다. 남자는 이 지역 토박이로, 적당히 계산적이면서도 촌사람의 순박한 면도 있는 사내였다. 나는 그에게 용궁장을 저대로 놀리지 말고 고시텔처럼 월세방이라도 놓아보는 게 어떻겠냐고 제안했다. 그는 내 의견을 듣고 한동안 나를 관찰하듯 들여다봤다. 그 시선에는 집요한 구석이 있었다. 나는 선납으로 일 년 치 월세를 받아다줄 수 있다고 미끼를 던졌다.

"정말로 그 흉가에 들어올 사람이 있다는 거죠?"

남자가 억지로 내 장단에 맞춰주는 것처럼 물었다. 나는 그의 감정을 읽기 위해 계속 말을 걸었다.

"제가 빈말하던가요? 모든 중개수수료는 사장님 몫이에요. 그러니 용궁장에 세를 놓을 수 있게 주인분을 설득해주시겠어요?"

남자는 그리 솔깃해하지 않는 눈치였다. 그는 그간 내게 보여준 적 없는 얼굴로 나를 바라봤다. 의문과 의심, 그리고 결단을 내리는 과정이 그의 표정에 스쳐지나갔다.

"그래요. 우리 한번 해봅시다."

그가 비장한 얼굴로 승낙했다. 딱히 숨기려는 의지가 없는 것인지 생각이 얼굴에 다 드러난다는 걸 스스로 모르는 것인지 알 수 없으나, 흰머리 가득한 머릿속에서 어떠한 계산이 섰다는 게 뻔히 보였다. 다만 요동치는 남자의 감정을 도무지 해석할 수는 없었다. 하지만 상관없다. 인간의 감정이란 그 자신조차 종잡을 수 없는 것이니.

그는 발 빠르게 용궁장 주인에게서 허락을 받아왔다. 제안은 내가 먼저 했지만 첫 입주자는 관리인이 구해왔다.

　대로 건너편에서 누가 봐도 용궁장의 주민으로 보이는 이가 손수레를 끌고 내 쪽으로 건너왔다. 노숙자를 방불케 하는 남루한 행색이다. 남자는 하루종일 신도시와 옛 구도심을 오가며 고물을 주워 날랐다. 관리인은 내 앞에서 부쩍 수다스러워졌다. 제 속마음을 은근히 내게 들춰 보이며 나와 신뢰를 쌓고 싶어했다. 나는 선량한 얼굴로 그의 말을 경청해주었다.

　관리인과 남자는 어머니 쪽으로 먼 인척관계라 했다. 어릴 적부터 정신이 오락가락하던 남자는 어머니가 돌아가시고는 집이나 근처 야산에 불을 질러댔다. 동네 주민들의 불안이 심각해지자 어느 시설로 보내졌고 그곳에서도 계속 사고를 쳐서 결국 퇴소를 당했다. 관리인은 오갈 데 없는 남자의 처지가 안쓰러워 용궁장에 거처를 만들어주었다. 용궁장 이층은 남자가 주워 나른 쓰레기로 가득차버렸다. 보살핌이 필요해 보였으나 부모로부터 상속받은 농토 지분이 있어 국가로부터 어떤 지원도 받을 수가 없었다. 아무래도 관리인은 남자가 가진 농토 지분에 관심이 있는 듯했다.

　새카맣고 깡마른 남자가 내 앞에 섰다. 그가 덥수룩한

회색 머리를 내게 꾸벅 숙였다. 나는 주머니에서 담뱃갑을 꺼내 두 개비 빼냈다. 남자에게 일회용 라이터와 담배를 건넸다. 그가 두 손으로 공손히 받아들었다. 나는 몇 달 전부터 남자에게 접근했다. 처음에는 초코바나나빵을 건넸고, 얼마 전부터는 마주칠 적마다 담배와 일회용 라이터를 주고 있다. 남자는 경계 없이 내 호의를 덥석 받아 챙겼다. 나는 곁눈으로 주위를 살폈다. 시야에 걸리는 시선은 없다. 남자는 술에 취하면 본능적으로 불을 지르고 싶은 충동이 생긴다고 했다. 이 사실도 관리인이 내게 준 정보였다. 남자가 담배 한 개비를 귓바퀴에 얹고 한 개비는 입에 물며 불을 댕겼다. 그가 라이터를 내게 돌려주었지만 나는 그의 손을 못 본 척 무시하고 자리를 피했다. 그가 라이터를 자기 주머니에 넣는 게 보였다. 이젠 시간과의 싸움이었다. 그의 충동이 발화되기만을 기다리면 됐다.

발걸음에 속도를 올려 남자에게서 멀어진다. 거룩교회는 지하철역 출구와 입구를 마주하고 있다. 흰 대리석 외관이 햇빛을 밀어내며 반짝인다. 그리스 신전을 모티브로 설계한 교회의 외관은 칠층 높이로, 지붕에 거대한 청동철탑이 있다. 십자가의 날카로운 끝이 푸른 하늘을 매섭게 찔러댄다. 정원에는 작은 조각공원이 있다. 사철 잔디 위 석상조각들이 제법 운치 있었다. 교회가 유명 잡지에 소개된 이후 연인들의 포토 스폿으로 소문이 났다더니 지금도 젊은 커플 몇 팀이 눈에 띄었다.

교회 블록을 지나면 다시 상가건물이다. 대부분 프랜차이즈 식음료업체들이 들어와 있다. 카페며 휴대폰판매점에서 흘러나오는 음악이 거리에 생동감을 불어넣었다. 백반집 앞을 지나가다 실랑이를 목격했다. 앞치마를 입은 중년 여성이 회색 곰처럼 살찐 여성을 식당에서 쫓아내고 있었다. 나는 걸음을 멈추고 잠시 구경했다.

"가! 언니한테는 밥 안 줘! 어디 낯짝도 두껍게 그 지랄발광을 떨고 여길 또 와?"

"에이씨, 돈 있다고! 아줌마, 또 신고해버린다."

"신고해! 나도 장사 방해했다고 신고할 테니까, 어디 해보자고!"

"오늘은 안 그럴 거야. 배고파, 밥 줘!"

"딴 데 가라고! 언니한테 밥 줬다가 또 무슨 봉변을 당하려고……."

“오늘은 정말 안 그런다니까.”

결국 식당 주인이 여자를 밖으로 몰아내고는 급기야 유리문을 잠갔다. 하루가 멀다시피 벌어지는 소란이다. 쫓겨난 여자가 식당을 향해 온갖 욕설을 퍼붓다 돌아선다. 그리고 나와 눈이 마주쳤다. 씻지 않아 엉겨붙은 머리가 물미역처럼 회색 점퍼에 붙어 있다. 제 엄마와 닮은 번들거리는 눈이 나를 위아래로 훑는다. 누가 봐도 정신이 온전치 않다는 것을 한눈에 알아볼 수 있었다. 여자는 용궁장 삼층에 거주한다.

스무 살의 여자는 작고 동글동글해 제법 귀여운 상이었다. 하지만 지금의 여자는 살이 얼마나 쪘는지 눈코입이 얼굴에 파묻혀 있다. 여자가 알 수 없는 말을 중얼거리며 내게 다가왔다. 나는 몸을 틀어 외면했다. 내 옆에 멈췄던 인기척이 천천히 멀어져갔다. 뒤늦게 용궁장 냄새가 코를 찔렀다. 거리를 두고 여자의 뒤를 따라갔다. 편의점으로 들어갔던 여자가 금방 또 쫓겨난다.

“아줌마, 오지 말라니까! 나가! 빨리 가라고!”

“씨발! 오늘은 신고 안 한다고. 먹을 거 살 거야.”

“됐어, 아줌마한테는 안 팔 거니까 딴 데 가!”

점원으로 보이는 젊은 남자가 둥그렇게 말아쥔 잡지로 여자의 어깨를 밀어댔다. 순간 남자와 내 시선이 마주쳤다. 내가 뭐라도 오해했을까 싶어 그가 자신의 정당함을 호소했다.

"아, 아줌마, 계속 날짜도 안 지난 음식 사가놓고 유통기한 지나면 다시 가져와서는 먹고 배탈 났다고 행패 부리잖아. 며칠 전에는 그게 안 통하니까 내가 아줌마 성추행했다고 신고하질 않나."

그때의 감정이 치받아 올라오는지 목소리에 울분이 섞였다.

"미친년아, 얽히기 싫으니까 나타나지 좀 말라고!"

끝내 여자를 밀어낸 남자가 편의점 안으로 들어가더니 얼른 입구의 유리문 손잡이를 붙잡고 버텼다. 여자는 욕설을 중얼거리며 문 손잡이를 잡아당겼지만 남자의 힘을 당해낼 수는 없었다. 소란을 듣고 옆 건물 카페에서 앞치마 차림의 여성이 밖을 살피러 나왔다. 소동의 원인을 발견하자 눈가에 경멸이 새겨졌다. 여자는 소문난 이 지역의 골칫덩이다. 그녀를 아는 누구도 동정하거나 연민을 갖지 않는다. 그건 여자의 가족들도 마찬가지다. 그녀가 용궁장에 방을 얻어 들어온 지 두 달이 채 되지 않았다. 그녀의 등장으로 근처 상가들이 하루가 멀다 하고 피해를 입고 있었다. 오늘의 실랑이는 제법 길게 이어진다. 누군가 신고를 한 건지 순찰차가 다가왔다. 나는 다시 산책을 시작한다.

*

어린 시절 읽었던 동화가 생각났다. 믿음이 깊었던 왕은 하나님께 바칠 웅장한 교회를 짓고 싶었다. 그는 최고의 건축가를 불러 건축을 맡겼고 최고의 조각가를 불러 교회를 꾸밀 석상을 만들게 했다. 마지막으로 최고의 화가를 불러 교회 천장에 천사와 악마의 형상을 그리라고 명령했다. 화가는 역작을 남기고 싶었다. 그는 전국을 떠돌며 모델이 될 인물을 찾아다니기 시작했다. 천사처럼 아름다운 모델은 금세 찾았다. 양을 치는 어린 목동이었다. 소년의 미소는 빛이 날 정도로 아름다웠다. 화가는 천사 그림을 완성했다. 문제는 악마의 모델이었다. 그는 아무리 추악한 인물을 수소문해 만나도 영감이 떠오르지 않았다. 세월이 흘러 화가는 노인이 되었다. 그때까지 그림은 완성하지 못했다. 그러던 어느 날 화가는 포승줄에 끌려가는 죄수를 발견한다. 그는 그 죄수의 얼굴이야말로 자신이 그토록 찾아 헤맸던 악마의 얼굴이라 생각했다. 그가 죄수를 멈춰 세웠다. 화가를 먼저 알아본 건 죄수였다. 죄수는 그에게 자신을 알아보지 못하겠냐고 물었다. 화가는 천천히 죄수의 얼굴을 들여다보다 깜짝 놀랐다. 죄수는 천사 그림의 모델이었던 어린 목동이었다. 그뒤의 이야기는 기억에 없다.

나는 여자의 옛 모습을 떠올렸다. 동네 미친년이 아니라 영선이라 불리던 시절 말이다. 영선은 활발한 아이였지만 평균을 벗어나는 정도는 아니었다. 영선보다는 그녀의 어머니가 이웃들 입에 오르내리는 일이 잦았다. 영선의 어머니는 중국 교포다. 나이 많은 고물장수에게 팔려오듯 시집와 영선을 낳았다. 영선이 일곱 살 되던 해 폐병을 앓던 고물장수가 죽었다. 영선의 어머니는 겨우 서른 살이었다. 그녀는 남편의 일을 이어받아 낡은 트럭을 타고 주말도 없이 중고가구나 가전제품을 수거하러

다녔다. 본래 기질이 드셌던 건지, 굴곡진 삶의 풍파 탓인지 몰라도 억척같은 성질이 번번이 분란을 일으켰다. 덩치 큰 남자들과 멱살을 잡고 길거리를 뒹구는 광경이 왕왕 목격됐다. 또 폐지를 팔러 온 노인들에게 어찌나 박하게 구는지 한번 영선의 어머니를 상대해본 이들은 그녀를 절대 상종하지 말아야 한다고 헐뜯어댔다. 그녀는 온 동네의 미움을 독차지했다. 영선이 열 살이 되던 해, 그러니까 고물장수가 죽은 지 삼 년이 지났을 때 영선의 어머니가 아이를 낳았다. 누구의 아이인지는 알 수 없었다. 당시 내가 다니던 고등학교는 고물상 앞을 지나다녀야 했는데 어린아이를 업고 트럭에서 물건을 내리는 깡마른 영선의 어머니를 자주 목격했다. 그녀는 지저분한 머리를 하나로 질끈 묶은 채 길고 찢어진 눈을 번들거리며 영선에게 일을 도우라 소리를 쳐댔다. 고물상은 항상 모녀의 날선 비난으로 시끌벅적했다.

동네의 불편한 이웃이었던 영선의 어머니가 교회에 나오기 시작한 것은 영선의 여동생이 초등학교에 입학한 직후였다. 당시 영선은 상업계 고등학교를 졸업하고 지방의 저축은행에 취업해서 집을 떠나 있었다. 그래서

였는지 고물상은 고요했고 온 동네가 평온해졌다. 하지만 그 평화의 시기는 금방 저물었다. 직장을 잃은 영선이 집으로 귀환했기 때문이다. 돌아온 영선은 사람들이 알아볼 수 없을 정도로 변해 있었다. 우선 몸집이 전보다 두 배 커졌다. 얼굴에 얼마나 손을 댔는지 예전의 이미지가 전혀 남아 있지 않았다. 지금의 영선은 케첩에 박혀 있는 오뚜기 로고처럼 우스꽝스러워 보였다.

영선의 어머니가 교회에 나오며 오 여사의 무리에 들어왔다. 그토록 드셌던 여자가 오 여사 앞에서는 종종 눈물도 보였다. 나는 산책길에 영선과 자주 마주쳤다. 그녀는 날이 갈수록 제법 사람 꼴이 되어가고 있었다. 오 여사와 영선의 어머니 대화를 엿듣기로는 위장축소수술을 시키고 정신과 치료를 병행하는 중이라고 했다. 그러다 늦은 밤, 산책을 나갔다가 영선이 낯선 차에서 내리는 것을 보았다. 운전석 문을 열고 내린 남자가 영선과 팔짱을 끼고 어둠 속으로 사라졌다. 어디선가 끈끈한 봄꽃 향기가 날아왔다. 그 냄새는 비릿하면서도 음란했다. 밤늦은 시간 혹은 새벽녘에 술 취한 영선을 발견하는 일이 잦아졌다. 그녀 옆에는 항상 불량해 보이는 남자들이 함께 있었다. 매일같이 고물상에서 고성이 들려왔다. 결국 영선이 제 어머니와 몸싸움까지 벌이고 집을 나갔다. 얼마 후 고물상으로 카드회사와 저축은행의 독촉장이 날아들었다.

그 당시 오 여사와 나는 신도시 이주 준비로 정신없이 바쁜 시간을 보내고 있었다. 아침 일찍 영선의 어머니가 다급한 목소리로 오 여사를 찾았다. 영선이 혼수상태로 발견돼 응급실로 이송중이라는 것이다. 영선의 어머니는 자신의 곁에 누군가가 있어주길 원했다. 오 여사가 병원 위치를 묻고 다급히 뛰어나갔다. 그동안 영선의 어머니와 제법 막역한 사이가 된 모양이었다. 새벽이 되어서야 돌아온 오 여사에게 영선의 소식을 들었다.

가출한 그녀는 평소 어울렸던 업소 남자에게 빌붙고자 했다. 그 남자는 영선을 구슬려 그녀의 명의로 신용한도 끝까지 대출을 받게 하고는 그 돈을 갖고 사라졌다. 버려진 영선은 반쯤 실성해 남자를 찾아다녔다. 남자의 옛 동료들은 거지꼴로 떠돌아다니는 영선을 상대해주지 않았다. 절망은 이성을 잡아먹는다. 잃을 게 없는 자는 그저 욕망에 몸을 맡긴다. 그에게 양심과 체면이 무슨 의미가 있을까. 영선이 호스트바에 들어가 술과 남자 접대부를 호기롭게 주문했다. 신나게 먹고 마시며 술에 취했다. 자신을 놓아버리자 억눌렸던 비열한 인성이 깨어났는지 그녀는 온갖 행패를 부렸다. 내일이 없는 사람처럼 실컷 놀고 나서는 땡전 한푼 없다며 배를 째라 드러누웠다. 밤새 시달린 접대부와 업주가 순순히 영선을 보내줄 리 없었다. 죽지 않을 정도만 흠씬 두들겨 패고는 뒷골목 쓰레기더미에 영선을 내다버렸다. 정신을 잃은 채 방치됐던 그녀를 발견한 것은 새벽에 쓰레기 수거를 나온 미화원들이었다. 그들의 신고로 영선은 목숨을 건졌다. 영선의 어머니는 그때 그 계집애가 죽어야 했다고 가슴을 치며 통곡했다.

그렇게 영선이 돌아왔다. 아주 고약하게 실성한 채 말이다. 병원에서 퇴원한 날, 그녀는 어머니의 지갑을 털어 접대부가 있는 술집으로 달려갔다. 화가 난 그녀의 어머니가 돈을 끊자 온갖 괴이한 짓을 벌이기 시작했다. 아무 식당이나 들어가 무전취식하고 주인에게 붙잡히면 배가 아프다, 맛이 없다 소리를 질러댔다. 또 식당 앞에 서서 손님들을 쫓아내며 영업 방해를 했다. 때론 남성 주인이

자신을 성추행했다며 경찰에 허위신고를 했다. 뒤처리
는 모두 영선의 어머니 몫이었다. 피해자들을 찾아다니
며 무릎을 꿇고 선처를 빌었다. 합의금으로 악착같이 모
았던 재산이 허무하게 날아갔다. 영선의 어머니에게만
세월이 몇 배는 빠르게 흘렀다. 쉰도 안 된 나이에 벌써
머리가 백발이었다. 고달픈 삶이 그녀의 마음을 점점 여
리게 만들었다. 그녀를 버티게 하는 힘은 신앙뿐이었다.

　거룩교회는 그 무렵 제법 도시 태를 갖춘 신도시 도
심으로 이주했고, 그녀는 한 시간 이상을 운전해야 했지
만 주일예배에 결석하는 법이 없었다. 예배가 끝나면 오
여사에게 고해성사라도 하듯 자신의 상황을 털어놓았
다. 언제부턴가 그녀의 하나님은 오 여사였다. 의지하고
매달렸다. 오 여사는 그녀의 모든 근심을 그저 들어주었
다. 영선은 정신과 치료가 소용없을 정도로 상태가 악화
됐다. 누구의 통제도 먹히지 않았다. 이젠 강제 입원밖에
답이 없었다. 영선의 어머니는 자신의 옆에 얌전히 앉아
있는 둘째 딸을 바라보며 갈라진 목소리로 한탄했다.

　"애가 가장 큰 피해자 아니겠어요. 어려서부터 극성맞
은 에미랑 제 언니 때문에 기가 죽어 시든 콩나물처럼 히

마리 없이 크는 게 어찌나 속상한지……."

영선의 여동생이 고개를 숙인 채 무릎 위에 얹은 손가락을 꼼지락댔다. 그러고 보니 나는 한 번도 이 아이의 목소리를 들어본 적이 없었다. 아이는 늘 있는 듯 없는 듯 어머니를 따라다니며 그림자처럼 표정 없이 웅크리고 있을 뿐이었다.

매일같이 집안을 뒤흔들던 영선의 발작과 고성이 구급차의 사이렌 소리에 실려 멀어졌다. 영선의 강제 입원으로 그들에게 평화가 찾아왔다. 영선의 어머니는 집사 안수를 받았다. 이제 그녀는 동네 사람들에게 '영선이 엄마'가 아니라 '박 집사님'이라고 불렸다. 어느 주일, 교회에서 박 집사 모녀와 마주쳤다. 늘 제 어머니 뒤에서 고개를 숙이고 걷던 아이가 이젠 어머니의 손을 잡고 걸었다. 이따금 생긋 웃음을 보이기도 했다. 그들은 경험해본 적 없는 평온을 어색하게 받아들이는 중이었다.

박 집사의 전화를 받은 오 여사의 표정이 심상치 않았다. 서둘러 친분 있는 변호사를 호출했다. 오 여사가 외출 준비를 하며 내게 상황을 전달했다.

"박 집사에게 일이 생겼어. 영선이가 병원에서 퇴원시켜달라고 난리를 쳤나봐. 제 뜻대로 되지 않으니까 자해하고는 경찰서며 인권위원회에 가혹행위가 있었다고 고발했대. 어제 병원에서 결국 퇴원 조치를 했는데 집에 돌아오자마자 제 동생을 칼로 찔렀다네. 다행히 영미는 목숨에는 지장이 없다 하고."

나는 그 아이의 이름이 영미라는 것을 지금 알았다.

"박 집사랑 영선이 둘 다 경찰서에 있나봐. 신원보증인이 필요한데 좀 도와달라 하네. 자세한 이야기는 돌아와서 해줄게."

오 여사가 외투를 걸치고 뛰어나갔다. 장로 임명을 받더니 교회의 해결사가 되어 본업인 임대사업은 내게 일임해버리고 봉사와 전도에만 온통 관심이 쏠려 있다. 모르는 사람이 보면 진짜 신실한 목자처럼 보일 지경이었다. 나는 사무실 문을 일찍 닫고 산책을 나갔다. 밤이 깊어서야 집으로 돌아온 오 여사가 경찰서에서 있던 일을 전했다. 별로 관심 없었지만 잠자코 들어주었다.

"박 집사가 아주 진저리가 났나봐. 영선이 개는 미쳐

도 어찌 그리 사악하게 미친 건지……. 제 맘에 안 들면 온 동네에 해코지를 해대더니 어떻게 식구한테까지 그런다니. 강제 입원을 시킨 앙갚음으로 제 동생에게 칼을 휘둘렀다는 거야! 박 집사는 이제 영선이를 안 볼 생각이라며 강력하게 처벌해달라고 요청할 거래.”

결국 영선은 정신감정을 받은 뒤 수용시설에 들어갔고, 박 집사는 고물상을 처분해 아예 신도시로 이주를 해왔다.

“과거는 모두 내버리고 새로운 곳에서 다시 시작하고 싶어요, 장로님.”

박 집사가 교회 근처로 이사를 오던 날, 오 여사에게 자신의 마음을 털어놓았다. 오 여사는 박 집사의 손을 잡아주며 주님께서 보호하실 거라는 덕담을 건넸다. 그녀는 오 여사를 더욱 의지했다. 열렬한 추종자가 되어 목숨이라도 내놓을 것처럼 오 여사를 따랐다. 길에서 고등학교 교복을 입은 영미를 보았다. 눈이 마주치자 꾸벅 고개를 숙여 먼저 인사를 건넸다. 그리고는 제 또래 친구들 틈에서 재잘댔다.

영선은 두 달 전 돌연 나타났다. 어떻게 알았는지 제 어머니가 다니던 교회를 추적해 찾아왔다. 수용시설에서 어느 정도 치료가 되었는지 폭력성과 히스테리성 발작 증세가 전혀 보이지 않았다. 제 어머니와 마주하자 용서를 빌며 앞으로 성실히 병원 치료를 받고 정상적인 삶을 살겠다고 약속했다. 그러니 다시 자신을 받아달라며 사정했다. 하지만 박 집사는 영선을 믿지 않았다. 영선은 언제 터질지 모르는 시한폭탄이었다. 영미가 고삼이었다. 집에 영선을 들이고 싶지 않았다. 그녀는 지금의 평화를 지키기 위해 영선을 밀어냈다. 돈을 지원해줄 테니 멀리 방을 얻고 다시는 나타나지 말아달라고 되레 부탁했다. 영선은 순순히 수긍했다. 박 집사가 돈을 쥐여주며 영선을 내보냈고, 영선은 그래도 언젠가 용서받고 싶다는 말을 내려놓고 떠났다. 사건은 다음날 벌어졌다.

아침 일찍 등교하는 영미의 뒤를 누군가 따라갔다. 휘청휘청 밤새워 마신 술로 흔들거리는 몸이 교복을 입은 아이들을 따라 학교로 들어갔다. 아이들의 틈에 섞여 교문 안으로 들어섰지만 찾는 이는 이미 보이지 않았다. 상관없었다. 수상한 사람을 향해 학생들의 시선이 집중됐다. 원하던 바였다. 그녀는 곧장 학교 건물에 들어섰다. 긴 복도가 보였다. 교실 안에서 아이들이 그녀를 내다보며 수군댔다. 크게 숨을 들이마신 그녀가 동생의 이름을 불렀다.

"박영미! 내 동생 박영미! 3학년 8반 조선족 박영미, 내 동생 어디 있어! 에미가 아무 놈이나 붙어먹어서 애비새끼가 누군지도 모를, 내 동생 박영미 어디 있냐!"

악의에 찬 목소리가 복도를 타고 쩌렁 울려댔다. 그녀는 천천히 복도를 걸어들어가며 소리쳤다.

"영미야, 언니 왔다. 3학년 8반 어딨어, 내 동생 박영미 어디 있니!"

영선은 제 여동생의 인생을 망치겠다는 일념으로 온갖 치부를 끄집어냈다.

"박영미, 언니 여기 있어……. 언니 어제 출소했잖아! 언니 안 보고 싶었어? 난 우리 영미, 너무 보고 싶었는데…… 너는 나랑 다를 줄 알았어? 근데 네 엄마는 조선족 창녀이고! 네 언니는 정신병자고! 너는 씨발, 어디서 왔는지도 모르는 사생아잖아! 우리 다 같이 지옥에 살아야지, 어딜 도망가려고. 절대 못 놔주지…… 아, 우리 영미 어딨냐고! 네가 교도소 보낸 언니 왔다고!"

그날 저녁 영미가 자살을 시도했다. 박 집사가 오 여사 앞에서 가슴을 쥐어뜯으며 독을 뿜어냈다.

"그년을 내가 잡아죽일 거예요. 그리고 나도 죽어버릴 거예요. 장로님, 우리 영미 부탁드려요. 세상 피붙이라고 는 나랑 원수 같은 제 언니뿐인데, 내가 그년 죽이고 나 도 죽으면 우리 영미 혼자 아니겠어요? 내 이렇게 부탁 드려요."

"박 집사! 일단 진정하고 내 말 들어. 극단적인 성격 버 리라고 했지. 지금은 영미만 생각해. 세상 누굴 믿겠어, 정신 똑바로 차리지 못해?"

오 여사가 호되게 나무랐다. 박 집사가 오 여사의 앞에 서 무너졌다.

"장로님, 저는 어떻게 해야 하는 건가요? 그 간나한테 평생 해코지를 당하며 살아야 하는 건가요? 도무지 이렇 게 살아갈 자신이 없어요."

"기도하자. 마음 단단히 먹고 하나님께 살려달라고 기 도하자!"

오 여사가 문틈으로 구경하는 나를 바라봤다. 나는 고개를 조금 까닥였다. 용궁장에 영선을 들여놓아도 된다는 허락이었다.

땅만 보고 걷던 영선이 갑자기 차도로 뛰어들어 택시를 잡았다. 택시는 급정거하며 클랙슨을 울렸다. 영선이 택시 앞좌석 문을 열고 올라탔다. 택시 뒤에서 차들이 경적을 울려대자 택시가 머뭇머뭇 출발했다. 나는 한 블록을 더 걷고 발길을 돌렸다. 천천히 주변을 돌아보며 사무실을 향해 걸었다. 파출소 앞을 지나가는데 주차장에서 실랑이가 벌어지고 있었다. 화가 난 택시 기사가 멀찍이 서서 조수석을 노려보며 지껄였다.

"손님도 없어 죽겠구먼. 뭐, 저런 미친년이 올라타서는 빤스도 안 입은 치마를 슬쩍슬쩍 올리는 거예요! 정신이 아픈 사람이면 집에 있든 병원에 있든 해야지. 가족들은 뭐 하길래 저런 사람을 사회에 그냥 방치해놓나."

여성 경찰 둘이 조수석에서 내리지 않는 사람을 끌어

내리며 경고했다.

"선생님, 당장 안 내리시면 업무방해로 처벌받으실 수 있어요."

택시 기사가 욕지거리를 하며 바닥에 침을 탁 뱉었다. 보다못한 덩치 큰 형사가 나섰다. 그가 영선을 강제로 끌어냈다. 영선이 돼지 멱따는 소리를 내며 난동을 피웠다. 나는 멀리서 그 광경을 지켜봤다.

사무실 문을 열고 들어서자 시끌벅적한 소란이 나를 반겼다. 응접실에 오 여사의 추종자들이 잔뜩 모여 있었다. 그 안에 영선의 어머니도 있었다. 그러고 보니 오늘은 수요일이다. 거룩교회에서 저녁예배가 있는 날이다. 서쪽 창으로 해가 넘어가는 광경이 보였다. 석양의 붉은 띠가 빌딩 사이로 숨더니 점차 어둠에 잡아먹혔다. 나는 이 시간을 좋아한다. 정확히는 어둠이 빛을 잡아먹는 순간을 좋아했다. 그 파괴적인 풍경이 내 안의 지루함을 잠시나마 달래주기 때문이다. 어둠이 내려오자 나는 억지로 끌어올렸던 안면 근육에 힘을 풀었다. 어둠은 들키고 싶지 않은 모습을 감춰준다.

오후 일곱시, 점퍼를 집어들고 사무실을 나섰다. 내게는 아직 남은 일이 있었다. 지하철이 좀전에 도착했는지 역사 입구에서 퇴근하는 인파가 쏟아져나왔다. 인파는 아파트 단지를 향해, 또 누군가는 상가 방향으로 흩어졌다. 용궁장은 불빛 하나 없이 새카맣게 쪼그리고 앉아 있었다. 창문마다 방한을 위해 나무판자를 덧댔기 때문이다. 캄캄한 어둠 속에서 유령처럼 그림자 하나가 튀어나왔다. 가로등에 비친 모습은 영선이었다. 영선은 벌거벗은 채 내게 등을 보이고 거리로 향했다. 나는 뛰다시피 걸어 영선을 따라잡았다. 어깨를 붙잡아 세우자 영선이 나를 돌아봤다. 내가 점퍼를 벗어 영선의 어깨에 덮어주었다. 그러고는 영선을 돌려세워 용궁장 마당으로 몰아넣었다. 저항 없이 영선이 밀려갔다.

"배고파. 배고파. 빵이라도 사줘."

영선이 고장난 앵무새 인형처럼 떠들어댔다.

"편의점에 가서 먹을 것 사다줄게. 여기 있어! 움직이면 다시는 아무것도 사주지 않을 거야."

나는 영선에게 두 번 강하게 반복해 말했다. 영선은 연신 배고프다는 말만 되풀이했다. 편의점으로 뛰어가 도시락과 김밥들을 닥치는 대로 바구니에 담았다. 소주도 두어 병 바구니에 넣었다. 점원에게 담배 한 보루를 주문하고 라이터 한줌을 집어 계산대에 내려놓았다. 영선은 내 명령대로 얌전히 용궁장 앞에 서서 나를 기다렸다. 음식이 든 편의점 봉지를 영선에게 보여줬다. 영선이 손을 내밀었지만 나는 봉지를 등뒤로 감추었다.

"들어가서 천천히 먹어. 오늘은 나오면 안 돼. 내가 여기서 지켜볼 거야. 만일 다시 밖으로 나오면 이제 먹을 건 없어. 약속 지켜야 해."

나는 영선의 눈을 마주보며 내 말을 각인시켰다. 영선이 고개를 끄덕였다. 그제야 편의점 봉지를 건넸다. 앞의 여자는 인간이 아니다. 나는 이 말 안 듣는 짐승을 천천히 길들였다. 이 도시에서 영선의 굶주림을 해결해주는 사람은 내가 유일하다. 영선도 그 사실을 잘 인식하고 있다. 영선이 허기를 참기 힘들었는지 계단을 걸어올라가며 비닐봉지를 뒤적거렸다. 나는 담배를 꺼내 물고 불을 붙였다.

아니나 다를까 기다렸다는 듯 이층에서 남자가 내려왔다. 내가 키우고 있는 또 한 마리의 짐승이다. 그가 얌전히 내 앞에 서서 고개를 꾸벅 숙인다. 소주와 담배 그리고 라이터가 든 편의점 봉지를 남자에게 내밀었다. 이제 남자는 미안해하는 기색도 없이 당연하게 받아든다. 나는 용궁장의 캄캄한 그늘에서 나와 본격적으로 산책을 시작한다. 가을바람에 몸을 맡긴다. 그 잠깐 사이 내 몸에 밴 용궁장의 냄새가 끈덕지게 붙어 떨어져나가지 않았다.

그날 밤 용궁장에 불이 났다. 불은 이층 남자의 방에서 시작되었다. 그 층에는 그가 주워 나른 쓰레기더미로 가득했고 그 때문에 불은 삽시간에 번져 건물을 홀딱 전소시켰다. 건물에 거주하던 모든 이가 죽었다. 당연히 방화 전과가 있던 남자가 유력한 범인으로 지목됐다. 오래된 건물이라 스프링클러도 소방 벨도 없었다. 삼층에서 발견된 시신 세 구의 사인은 모두 유독가스로 인한 질식사였다. 최초 신고자는 순찰중이던 사설 경비업체 직원이었다. 신고를 받고 도착한 소방차가 진압을 시작했을 때 이층은 이미 화마에 점령당한 이후였다. 아침 뉴스에 용궁장 참사 보도가 흘러나왔다. 화면에 불에 탄 용궁장이

비쳤다. 기자가 말했다.

"용궁장은 오래된 숙박업소를 불법 개조해 세입자를 들였습니다. 보시다시피 허름한 이곳에 방치됐던 이들은 사회적 안전망의 사각지대에 있던 노인과 정신병력이 있던 이들이었습니다. 후안무치한 건물주는 본인은 세입자가 누군지, 언제 들였는지 모른다며 발뺌하고 있고, 피해자의 가족들은 자신들이 무심했다며 참회의 눈물을 흘리고 있습니다. 다시는 이런 참혹한 죽음이 없도록 우리 사회가 소외당한 이웃에게 관심을 가져야 하겠습니다."

함께 뉴스를 보던 오 여사가 내게 물었다.

"무슨 생각 해?"

"하나님이 정말 계신다는 믿음이 처음으로 생겼어. 난 사건이 일어날 만한 조건을 만들었을 뿐인데…… 도화선에 불을 붙인 건 하나님 아닐까?"

내 말이 끝나자마자 오 여사가 내 어깨에 손을 올리며 치하했다.

"수고했어, 내 딸."

희생자로 포장된 이들의 유족이 용궁장 건물주를 상

대로 소송에 들어갔다. 오 여사가 그들의 뒤에 서 있었다. 처음으로 용궁장 소유주가 오 여사에게 연락을 해왔다. 오 여사의 웃음소리가 문틈으로 새어나왔다. 용궁장이 철거되면 그 자리에 요양원과 기도원이 건축될 계획이었다.

*

계절이 두 차례 지나고 봄볕을 맞으며 거리를 유랑한다. 가로수에 연둣빛 새싹이 움트고 새로운 계절의 시작을 증명한다. 상가 앞을 지나치다 카페에 앉아 있는 영미와 눈이 마주쳤다. 손을 들어 인사하자 영미가 미소를 지으며 고개를 꾸벅 숙였다. 목을 감싼 샤넬 스카프가 멋스러웠다.

댕댕. 거룩교회의 웅장한 종소리가 대기를 잡아 흔든다. 교회에서 사람들이 몰려나온다. 그 속에 흰 지팡이를 짚은 씩씩한 발걸음이 섞여 있다. 오 여사의 무리에 끼어 있는 장님 할머니다. 청년들이 할머니에게 도움이 필요하냐고 묻는다. 노인은 환히 웃으며 고개를 저었다. 그러고는 흰 지팡이로 바닥을 탕탕 두들기며 자신의 길로 걸어간다.

사람이 죽었다. 그런데 모두가 행복해졌다. 나는 이 부조리를 이해할 수가 없다. 영원히 사람의 감정을 이해할 수 없는 것처럼 말이다.

본격적인 골조공사가 시작된 옛 용궁장 자리에 멈춰 섰다. 머릿속으로 지어질 건물들의 윤곽을 상상하자 마음속에 생소한 감정이 차올랐다. 눈꼬리가 늘어지고 입가는 한껏 치켜올라간다. 억지로 만들어낸 표정이 아니다. 나는 처음으로 빛 한가운데서 나를 꺼내 보였다.

4부
생존자의 고백

어깨가 시렸다. 잠결에 이불을 턱까지 끌어당기며 반듯이 누웠다. 전등 불빛이 눈동자로 파고든다. 눈꺼풀을 천천히 들어올린다. 천장에 매달린 전등이 미세하게 흔들린다. 모든 방의 창문은 나무합판으로 봉쇄돼 있어 대낮에도 빛 한 점 들어올 틈이 없다. 하지만 바람만은 어디선가 새어든다. 낡디낡은 건물이다. 눈에 보이는 균열보다 보이지 않는 잔금이 수도 없으리라. 코끝이 간질댔다. 재채기가 나올 듯 말 듯하다 들어가버린다. 슬슬 약이 올랐다. 도대체 내 마음대로 되는 일이 없다. 먼지조차 나를 희롱하는 것 같다.

"으으, 씨발."

목구멍에 걸려 있던 감정을 내뱉었다.

"에춰."

재채기가 꼬리처럼 따라나왔다. 숨을 길게 들이마시자 진한 곰팡내가 입속에서도 느껴졌다. 철창만 없다 뿐이지 지금의 생활도 감옥생활이나 다름없다. 비루한 인생, 비루한 오늘, 빌어먹을 현실. 이불을 걷고 일어나 앉았다.

쿵쿵. 옆방의 노인이 강하게 벽을 두들겨댄다. 잠에서 깼으면 어서 자기 수발을 들러 오라는 신호다.

"시끄러워! 조용히 못 해?"

벽을 향해 소리를 버럭 질렀다. 나도 모르게 오만상을 찡그렸다가 얼른 얼굴 근육에서 힘을 뺐다. 요사이 주름이 늘고 있다.

쿵쿵. 노인이 다시 벽을 두들겼다. 영감은 폐암환자다. 코와 목에 튜브를 삽관해놔서 목소리를 크게 내지 못하기에 저리 자기 의사를 전하는 것이다. 낮에는 내가 주로 들여다보며 기저귀를 갈아주고 수발을 든다. 이따금 아들 내외가 방문하는데 겨우 생사만 확인하는 정도로 머물렀다가는 황급히 돌아갔다. 노인은 아들 내외를 보면 분노에 찬 괴성을 질러댔다. 저 모양으로 연명하면서도 자식한테만은 부모의 권위를 내세우고 싶은 모양이었다.

“불러줘! 이 망할 년들, 내 자식들 빨리 불러달라고.”

얇은 나무문은 방한은커녕 방음도 되지 않는다. 건넛방 치매 할매도 이 난리통에 잠에서 깬 모양이었다. 할매는 하루종일 자기 자식을 찾아댔다. 그러나 내가 용궁장에 자리잡은 지 석 달이 지났음에도 노인을 찾아오는 가족은 없었다.

“이 봉사, 소경 년이 제 에미 내다버리고 다리 뻗고 자나보자.”

할매의 악다구니가 두번째 트랙으로 넘어갔다. 소음은 도돌이표처럼 반복 재생된다.

“시끄러워, 이 늙은이들아!”

내가 일갈을 내지르자 건물은 일순간 고요해진다. 가슴속에 고여 있는 울화를 이렇게라도 풀어야 살 것 같았다.

오 사장은 내게 테레사라는 이름을 지어주었다. 나는 순진하게도 새 이름이 좋았다. 성스럽고 순결하게 느껴졌기 때문이다. 그녀는 내게 용궁장을 맡겼다. 그것이 내 유일한 구명줄이었다. 용궁장에서 내가 하는 일은 거주하는 노인들을 돌보고 정신이 이상한 여자를 통제하는 임무였다. 오 사장은 곧 나를 크게 쓸 거라고 약속했다. 그전까지만 용궁장을 맡아달라고 했다. 나는 그 부탁을 덥석 받은 것을 두고두고 후회한다. 그때 기한을 확실히 약속받아야 했는데……. 후회는 습관 같아서 아무리 반복돼도 고쳐지지 않는다.

간단히 세안하고 스킨과 로션을 꼼꼼히 펴 발랐다. 영양 크림은 목까지 고르게 도포해 스며들 때까지 문질렀다. 노인들은 여름철 매미처럼 소란을 떨다 잠시 쉬고 다시 살아나기를 반복했다. 기운이 남아도는 것으로 보아 아침식사는 좀 늦어져도 될 듯했다. 선크림을 목까지 펴 바르고 티슈를 뽑아 손을 닦았다. 벽에 붙은 작은 거울에 얼굴을 비춰봤다. 아직은 어리게 봐줄 만한 외모다. 결코 서른넷처럼 보이지 않는다. 클러치백에 스마트폰만 넣고 몸을 일으켰다. 방문을 열고 복도로 나갔다.

문 앞을 지키고 있던 용궁장의 냄새가 나를 덮쳤다. 이 악취에 도무지 적응이 되지 않는다. 비위가 상해 숨을 참은 채로 가방에서 열쇠를 꺼내 방문을 잠근다. 문단속을 하지 않으면 앞방에 사는 정신병자 계집애가 방을 뒤져 물건들을 훔쳐간다. 꼴에 저도 여자라고 내 화장품이 그리 탐이 나는 모양이었다. 빠르게 복도를 벗어나 계단을 뛰어내려간다. 내 방은 삼층이다. 건물 이층에는 온 동네 쓰레기를 주워 나르는 모자란 남자가 산다. 발에 스티로폼박스가 차였다. 복도에 쓰레기가 가득차다못해 계단까지 밀려나왔다. 건물관리인은 무슨 생각으로 이 꼴을 묵인하는지 당최 모를 일이다. 숨을 참고 있음에도 썩은 달걀냄새가 코를 쿡쿡 찔렀다.

일층 현관 앞에 서서 숨을 고르며 주변을 빙 둘러봤다. 누군가 내가 이런 건물에서 나오는 것을 볼까봐 신경쓰였다. 빠르게 보도블록까지 달려나가고는 태연한 걸음으로 카페로 향했다. 일을 시작하기 전에 커피도 마시고 간단히 아침식사를 해결하기 위해서였다. 오 사장은 내가 용궁장의 노인들을 어찌 돌보는지에 대해서는 그 어떤 간섭도 하지 않는다. 겨우 어린애 용돈 정도를 월급이라고 주면서 시시콜콜 잔소리까지 해댈 염치는 없을 거다. 카페에 앉아 따뜻한 라테를 반쯤 마셨을 때 스마트폰에 메시지가 도착했다. 병원에서 보낸 예약 알림이었다. 예약 시간은 오후 세시였다. 오 사장은 병원만은 항상 동행해주었다. 처음에는 나를 가엾게 여겨 친절을 베푼다고 생각했기에 감사한 마음을 가졌었다. 하지만 지금은 그저 귀찮고 때론 치사스럽기까지 하다. 더이상 내게 정신과 상담은 필요치 않다. 나는 지극히 정상인데도 오 사장은 계속 정신과 상담을 받아야 한다고 강압할 뿐 도무지 내 말은 들으려 하지 않는다. 나에 대한 의사결정권은 내 고유의 권한이다. 아무도 나를 강제할 수 없다. 하지만 현실은 내 의지와 전혀 다르게 흘러간다.

아침부터 내 처지를 자각하니 울적해졌다. 창밖을 내다봤다. 사람들이 지하철역 방향으로 바쁘게 걸어갔다. 나도 용궁장으로 돌아가 오늘 일과를 시작해야 했다. 그런데 영 내키지 않았다. 빈 커피잔 안을 내려다봤다. 어차피 이곳을 벗어나봤자 상황이 좋아질 거란 희망도 없다. 의욕이 없는 삶은 시체나 다름없다. 지금의 나는 숨만 쉬는 시체다. 댕댕. 거룩교회의 종소리가 귀에 들어왔다. 그 소리가 나를 채근하는 듯했다. 나는 슬며시 일어나 용궁장으로 향했다.

마스크를 두 장 겹쳐 쓰고 라텍스 장갑을 꼈다. 방 열쇠를 앞치마 주머니에 넣고 일을 시작했다. 입주민들을 돌보는 순서는 폐암 할아버지, 정신이상자, 치매 할머니 순서였다. 폐암 노인의 방문을 연다. 밤새 고여 있던 죽음의 냄새가 밖으로 빠져나온다. 그 냄새는 마스크를 두 장 겹쳐 써도 소용이 없다. 처음에는 헛구역질을 해댔지만 이제는 조금 내성이 생겼다. 노인은 침대에 누워 죽은 것처럼 눈을 감고 있다. 벽을 치며 나를 부르던 호기는 정작 내가 등장하자 꼬리를 말았다. 그러고 보니 어젯밤 노인에게 식사를 가져다주지 않은 듯하다. 침대로 다가가 이불을 거칠게 젖혔다. 앙상하게 마른 몸뚱어리가 드러났다. 나는 굳이 기저귀 찬 하의에 바지를 입히지 않았다. 새벽부터 그렇게 벽을 쳐대던 노인은 기력이 다 빠졌는지 눈도 잘 뜨지 못했다. 용변으로 범벅이 된 기저귀를 빼내고 대강 물티슈로 뒤처리를 했다. 괴사한 회색 피부가 징그러웠다. 노인은 꼼짝하지 않고 내 손길을 받아들였다. 노인이 실눈을 뜨고 나를 살피는 것이 보였지만 무시했다. 이제는 감히 내 몸에 손을 대지 못할 것이었다.

석 달 전 처음으로 노인을 돌보게 된 날, 노인은 기저귀를 갈아주는 내 젖가슴을 움켜잡으며 비열하게 웃어댔다. 처음에는 수치스럽고 놀란 마음에 방을 뛰쳐나가 울음을 터뜨렸다. 자존심이 상하다못해 죽고만 싶었다. 오 사장에게 전화를 걸어 이런 일은 도저히 못 하겠다고 하소연했다. 그러자 오 사장은 무척이나 실망스럽다며 나를 호되게 질책했다.

"반송장인 노인네를 어찌 못해서 이렇게 울고 짜고 하는 거야? 테레사, 너한테는 아무 일도 못 맡기겠다."

그녀의 말에 자존심이 상했다. 곧바로 눈물을 닦고 남은 일을 묵묵히 해냈다. 그리고 이후 며칠 동안 변태 노인네는 방치해버렸다. 아무리 벽을 두들기고 비명을 질러대도 무시로 일관했으며 기저귀를 갈아주지도, 물 한 모금 주지도 않았다. 그러자 노인이 네발로 방을 기어나왔다. 나는 장우산으로 노인을 사정없이 후려치고는 방으로 몰아넣었다. 그 모습을 나머지 입주자들에게도 똑똑히 알게 했다. 용궁장 주민들에게 내가 결코 만만한 사람이 아니라는 것을 각인시켜야 했다. 그래야 앞으로가 편할 것이었다. 실제로 그 덕분인지 영악한 할매는 내 눈치를 슬금슬금 보며 순종했고 정신이상자는 나와 마주치지 않으려 청소 시간이 되면 사라졌다. 청소가 끝나면 배달 온 도시락을 가져다 방마다 배분해주는 것으로 내가 맡은 일은 끝이었다. 간단한 노동이었지만 구접스럽고 끔찍했다. 내 처지가 애잔해질수록 나를 이곳에 처박아두는 오 사장에 대한 원망이 커져갔다.

오 사장의 승용차가 용궁장 앞에 정차했다. 나는 조수석 문을 열고 올라탔다.

"테레사, 잘 지냈지? 얼굴은 좋아 보이네."

"장로님 덕분이죠."

나는 입꼬리를 최대한 끌어올려 미소를 만들어 보였다. 오 사장이 봉투를 내밀었다.

"환자들 돌본 수고비랑 병원비 넣었어."

나는 두 손으로 공손히 봉투를 받아들며 감사 인사를 했다. 정신과 상담은 거의 비급여이기 때문에 병원비가 꽤나 비쌌다. 더군다나 나는 의료보험이 말소된 상황이었다. 오 사장의 자동차가 부드럽게 출발했다. 나는 흘깃 오 사장의 기분을 살폈다. 하고 싶은 말이 있었다.

"테레사, 고민이나 힘든 일 있으면 꼭 내게 이야기해 주렴."

나는 입술만 깨물고 있다가 조심스럽게 말을 꺼냈다.

"장로님, 이제 병원 치료는 그만해도 될 것 같은데……."

말문을 열자마자 정면을 주시하던 오 사장의 얼굴에서 자애로움이 사라졌다. 심장이 쿵 내려앉았다. 오 사장의 무표정은 두려움을 유발한다. 싸늘한 눈동자가 잠시 나를 향했다. 순간 팔에 소름이 끼쳤다. 잠시 망각했다. 그녀가 유흥가에서 어떻게 불렸는지, 또 어떤 방식으로 원한을 갚는지를.

"사장님, 그게 아니라…… 죄송해요. 사장님께 자꾸 폐만 끼치는 게 죄송해서 말씀드려봤어요."

재빨리 변명으로 수습했다.

"테레사야, 사장님이 아니고 장로님이라고 해야지. 너는 언제까지 몸 팔던 장미로 살려고 그러니? 예전에도, 지금도 나는 말귀를 못 알아듣는 사람을 곁에 둔 적이 없어."

싸늘한 경고였다. 귓가가 후끈 달아올랐다. 모멸감과

공포가 심장을 틀어잡았다. 숙여진 고개가 굳은 듯 펴지지 않았다. 오 사장의 차가 병원 앞에 멈춰 섰다. 나는 작은 목소리로 감사하다고 말했지만 오 사장은 대꾸하지 않았다. 차에서 내려 병원 유리문을 열고 들어갔다. 접수를 하자 곧바로 진료실로 안내됐다. 정신과 원장은 사십 대 남성으로 의사 가운보다는 스포츠 유니폼이 더 잘 어울릴 분위기의 사내였다. 그 역시 거룩교회의 성도였다.

"김수진님, 오늘 컨디션은 어떠세요? 표정이 영 밝지 않으신데요."

"아뇨. 좋아요."

나는 적당히 상대했다. 어차피 그는 자기 판단대로 나를 몰아갔다.

"제게는 모든 감정을 솔직하게 말해주셔야 해요. 약은 빼놓지 않고 드시는 거죠?"

나는 거짓말이 탄로날까봐 고개만 끄덕였다. 사실 병원에서 처방한 약을 먹지 않고 있다. 약을 먹으면 몸이 나른하고 계속 잠이 쏟아지니 오히려 멀쩡한 정신이 피폐해지는 것 같았다.

"몇 가지 질문할게요."

원장은 매번 내게 같은 질문을 했다.

"환각이나 환청은 없으신가요? 감정기복은 어때요, 들쑥날쑥하지 않으신가요? 극단적 충동은 여전하신가요? 마지막으로, 다시 약물 생각은 없으신가요?"

나는 모두 부정했다. 그는 고개를 끄덕였지만 내 말을 믿지 않았다.

"……일주일 후에 다시 뵐게요. 약은 빼놓지 말고 꾸준히 잘 복용해야 합니다."

원장이 컴퓨터 자판을 타닥타닥 쳤다. 나는 의자에서 몸을 일으키려다 다시 앉았다. 내 몸은 내가 더 잘 알았다. 나는 지극히 정상이었다. 이렇게 무의미한 일을 반복할 필요가 없었다.

"선생님, 저는 언제까지 상담받아야 하는 거예요?"

나도 모르게 공격적인 말투가 나왔다.

"환자분이 완치됐다고 생각하세요? 제 소견으로는 아직 치료가 필요해요."

원장의 표정에 순간 짜증이 스쳐지나갔다.

"다시 말씀드리지만 저는 약에 중독된 적 없어요. 딱 세 번 정도 했을 뿐이에요."

"김수진님, 어떤 중독자도 자기가 환자라 인정하지 않아요. 모든 치료의 시작은 인정과 수용에서 시작됩니다. 무슨 말인지 이해되셨어요?"

"아뇨, 선생님. 전 진짜 딱 세 번이었다고요. 재수없게 걸린 거였다니까요?"

그는 한심하다는 표정으로 나를 엄하게 나무랐다. 억울했다. 나는 만성 약쟁이가 아닌데 아무도 내 말을 믿으려 하지 않는다. 난 단지 재수가 없었을 뿐인데. 손바닥으로 이마를 짚었다. 답답해서 미칠 것만 같았다.

*

왜 세상은 나에게만 이토록 가혹한 걸까? 신이 존재한다면 따지고 싶다. 당신의 사랑은 왜 이토록 불공평하냐고. 나에게는 왜 절망만 주는 거냐고. 이럴 거면 처음부터 태어나질 말았어야지.

나는 수진이라는 이름보다 '수빈이 동생'으로 불렸다. 신은 쌍둥이 언니인 수빈에게만 온 사랑을 퍼부었다. 예쁜 얼굴, 영리한 두뇌, 사근사근한 성격까지. 내가 유일하게 수빈과 닮은 것은 예쁘장한 외모뿐이었다. 부모의 사랑은 당연하게 수빈에게 집중됐다. 비교와 차별은 나를 병들게 했다. 항상 수빈을 질투하고 시기했고, 그런 내 옹졸함을 부모는 비난했다. 자신들이 그리 만들었으면서 말이다. 가정에서든 학교에서든 내 역할은 수빈의 들러리였다. 아무리 노력해도 우월함을 타고난 수빈을 따라잡을 수가 없었다. 자존감이 바닥을 쳤고 자괴감에 빠져 방황을 시작했다.

그러던 내게 뜻밖의 기회가 찾아왔다. 길거리에서 연예기획사 명함을 받았다. 고슴도치처럼 머리를 뾰족이 세운 남자가 부모님과 함께 연습생 오디션을 보러 오라고 권했다. 그가 건네준 명함을 주머니에 넣고 집으로 향하며 수십 번 만지작댔다. 의기소침해서 세상 모든 불행을 안고 살던 내게는 그 기회가 인생을 바꿔줄 구원처럼 생각됐다. 가족 누구에게도 이야기하지 않고 오디션을 보러 갔다. 반대가 두려워서가 아니라 수빈에게 기회를 강탈당할지 모른다는 우려 때문이었다. 당연히 오디션은 떨어졌다. 하지만 처음으로 꿈이 생겼다.

연극반에 들어갔다. 용돈을 모으고 아르바이트를 해

서 연극 학원을 등록했다. 내 부모는 대학 원서 이야기가 나오고서야 내 진로를 물었다. 내 입에서 연예인이란 단어가 나오자 그들은 황당해했지만 따로 반대는 없었다. 늘 그랬듯 무관심한 태도로 방관했을 뿐이다. 수빈은 명문대학에 장학생으로 입학했고, 나는 겨우 지방대학 연기과에 입학했다. 부모는 학비와 약간의 용돈만을 지원해주었기에 아르바이트를 하지 않으면 생활이 팍팍했다. 더욱이 전공 특성상 외적인 면이 중요했다. 유흥업소에 발을 들인 것은 그 때문이었다. 은근히 수빈의 상황이 궁금했지만 나와 달리 승승장구한다는 사실을 알면 기분이 뭣 같을 것 같아 일부러 연락을 하지 않았다. 이 모든 게 무관심한 부모 때문이었다.

연예인을 목표로 하는 이들이라면 세 가지 중 하나를 가져야 했다. 빼어난 외모 혹은 신들린 연기 능력, 그도 아니면 무한대의 스폰서. 나는 셋 중 하나도 가지지 못했다. 하지만 꿈은 포기할 수 없었다. 내 주변에는 나와 같은 고민을 하는 이들이 태반이었다. 비겁한 핑계 같지만, 넘지 말아야 할 선을 넘은 계기도 비슷한 처지에 놓인 친구의 꼬드김 때문이었다. 술을 따라 번 돈을 성형에 투자

했다. 변해가는 내 외모에 자신감이 생겼다. 그즈음 SNS를 시작했다. 그 속에서 화려한 삶을 사는 이들을 구경하며 대리만족을 느꼈다. 어느 날 업소에서 만난 단골손님에게 명품 지갑을 선물 받았다. 자랑하고 싶은 마음에 지갑 사진을 찍어 SNS에 올렸다. 갑자기 지인들의 관심이 집중됐다. 나는 으쓱한 마음이 들었다. 카드 할부로 명품 가방을 샀다. SNS에 가방을 찍어 올리자 전보다 더 큰 관심이 쏟아졌다. 짜릿했다. 지금의 감각을 오랫동안 느끼고 싶었다. 팔로우 숫자도 계속 늘었다. 하루종일 SNS를 들여다보았지만 사람들의 관심은 금세 사그라졌다. 다시 그 감각을 느끼고 싶었다. 그러려면 돈이 필요했다. 카드를 여러 장 만들어 더 비싼 명품 가방을 구매했고 이번에도 SNS가 들썩였다. 부러움과 시기의 댓글이 게시물에 달렸지만 이번에는 이전보다 더 빠르게 관심이 사라졌다. 더 큰 한 방이 필요했다. 그러려면 더 많은 돈이 필요했다.

백화점 명품 매장에 출근하듯 방문했다. 그러다 홀린 듯 까르띠에 매장에 들어가 목걸이를 예약하고 나왔다. 절대 이차는 나가지 않으려 했는데 이렇게 되면 상황이

어쩔 수가 없었다. 카드 할부가 밀려 있었다. 지인들에게 조금씩 빌린 채무도 있었다. 내가 돈 때문에 쩔쩔매자 지갑을 선물했던 단골손님이 외제 차 개인 리스사업을 소개했다. 본인도 투자를 해서 꽤 쏠쏠히 돈을 만진다고 했다. 내게 시험삼아 한 대만 출고해 리스로 돌려보라 꼬드겼다. 반신반의한 심정으로 그가 소개한 딜러를 만났고 얼결에 고가의 외제 차를 계약했다. 내 돈은 하나도 들어가지 않았다. 모든 자금은 '캐피탈'에서 대출을 받았다. 나는 어리석게도 그들에게 감사 인사를 하고 식사 대접까지 했다.

출고된 슈퍼 카를 SNS에 올리자 사람들의 반응은 과히 폭발적이었다. 마치 슈퍼스타가 된 기분이 들었다. 사흘간 새 차를 타고 다니며 사진을 찍어 SNS에 올렸다. 팔로우 숫자가 연신 올라갔다. 계약한 자동차 리스업체에서 계속 전화가 왔다. 빨리 차를 맡기라는 용건이었다. 하루라도 빨리 리스로 돌려야 수익률이 올라간다며 안달복달이었다. 나는 의심 없이 자동차 열쇠를 업체로 넘겼다. 그리고 차가 사라졌다. 단골손님과 딜러에게도 연락이 닿지 않았다. 다급해진 마음으로 경찰에 신고했더니 담당 형사는 내가 대포차 사기에 당한 거라고 알려주었다. 차값만 수억이었다. 카드빚도 그대로였다. 숨만 쉬어도 매일같이 빚이 늘어갔다. 죽기보다 싫었지만 당장 의지할 곳은 부모뿐이었다. 하지만 부모는 내 손을 냉정히 뿌리쳤다.

"어려서부터 내가 너 알아봤지. 넌 우리 집안 기둥뿌리까지 뽑아먹을 계집애야. 당장 나가, 나가서 다시는 찾아오지 마라."

아버지가 나를 현관 밖으로 내쫓으며 호통을 쳤다.

"미쳤어…… 미쳤어……."

아버지 뒤에서 어머니가 중얼거렸다. 나는 무릎까지 꿇고 두 손을 모아 눈물로 호소했다. 제발 한 번만 도와주세요. 지금까지 저 제대로 받아준 적 없잖아요. 그러나 그들은 나를 끝끝내 외면했다. 그 무렵 수빈은 유학중이었다. 그 사실이 나를 더욱 비참하게 했다.

스물두 살 나이에 신용불량자 처지가 되었다. 노래방 도우미, 콜걸, 닥치는 대로 일을 했다. 유일한 즐거움은 틈틈이 중고로 명품 가방이나 신발을 사서 SNS에 사진을 찍어 올리는 것뿐이었다. 몇 년간 야간 일을 하다보니 불면증이 생겼다. 피로가 누적되며 성격이 예민해졌다. 그러다 사달이 났다. 하루는 러브호텔로 이차를 나갔다가 깐족대던 손님과 시비가 붙었다. 무슨 깡다구였는지 남자와 몸싸움을 벌였지만 당연히 체급에서 상대가 되지 않았다. 이대로 맞다가는 죽을 것 같다는 생각에 무작정 객실을 빠져나와 프런트로 도망쳤고, 남자는 성난 멧돼지처럼 나를 뒤쫓아왔다. 프런트를 지키던 여자 사장은 피를 뚝뚝 흘리며 맨발로 도망쳐 온 나를 보호하려 했다. 하지만 우악스러운 남성의 힘을 당할 수가 없었다. 남자가 내 머리채를 잡고 뺨을 갈겼다. 입에서 피와 침이 뒤섞여 사방으로 흩어졌다.

"삼촌, 그만해. 아무리 큰 죄를 지었어도 여자한테 그 정도면 과해."

"씨발, 넌 뭔데 끼어들어?"

남자가 사장에게까지 눈을 부라리며 위협했다.

"너도 처맞기 싫으면 짜져 있어. 어디서 꼴값하고 훈계질이야. 확 다 죽여버릴라."

여자는 가소로운 듯 실소를 허공에 뱉고는 남자에게

다가갔다. 그러고는 벼락같이 호통치며 프런트에 놓여 있던 유리재떨이로 남자의 얼굴을 연달아 가격했다.

"이 새끼가, 동네 물정도 모르는 게…… 어디 내 집에서, 주접이야! 내가, 그만하라, 했잖아!"

공간이 쩌렁 울렸다. 한마디 한마디마다 힘주어 끊어 내듯 재떨이를 휘두르는 여자는 자그마한 몸집이었지만 기세만은 거칠다못해 폐부를 찌를 듯 날카로웠다. 남자가 얼빠진 듯 잠시 정신을 못 차리더니 나를 내팽개치고 사장을 향해 주먹을 내뻗었다. 그때 어디선가 양복쟁이가 나타나 그의 팔을 움켜잡았다. 위험한 기운이 물씬 풍기는 사내였다. 그가 순식간에 남자를 제압했다.

"삼촌, 그만하고 여기서 서로 정리합시다."

사장이 건조한 목소리로 상황 종료를 선언했다. 분위기가 어찌나 살벌한지 나는 고통도 잊고 눈동자만 굴렸다. 멧돼지 같던 남자도 나와 별반 다를 게 없었던지 순순히 객실로 올라갔다. 나는 그녀의 사무실에서 간단히 치료를 받았다. 그녀는 자신을 오 사장이라 부르라고 말했다.

"언니야! 몸뚱이가 재산이면서 이렇게 함부로 굴리면

어째."

오 사장에게 따라붙는 소문은 다양했다. 고위공무원의 애인이라는 얘기도 있었고 이름 있는 건달의 여자라는 말도 돌았다. 그리고 은근히 인정이 있어 업소 아가씨들이 도움을 청하면 곧잘 해결사로 나선다는 얘기도 있었다.

"언니는 이름이 뭐야?"

오 사장이 상처에 밴드를 붙여주며 물었다.

"장미요."

"그래, 장미구나. 장미야, 사는 게 너무 힘들고 고되면 꼭 교회에 나와. 주님은 어떻게든 널 살려주실 거야."

그러고 보니 오 사장의 소문 중에는 그녀가 독실한 기독교 신자이고 전도활동에 열심이라는 이야기도 있었다. 그날을 계기로 업소에서 이차를 내보내면 나는 항상 오 사장의 러브호텔을 이용했다. 그러면서 오 사장과 조금씩 속 이야기를 나누었다. 오 사장은 내 얼굴만 보면 자기가 다니는 교회에 출석할 생각이 없냐며 전도를 했다. 나는 웃음으로 대답을 대신했다.

생활은 점점 엉망이 됐다. 불면증이 심각해졌다. 아무리 술을 마셔도 잠이 오지 않았다. 얼굴이 시체처럼 창백해졌다. 눈에는 실핏줄이 터졌다. 몇 시간만 깊이 잠들 수 있다면 무슨 짓이든 할 수 있을 것만 같았다. 몸이 휘청대다못해 쓰러질 듯 위태로웠지만, 그럼에도 출근해야만 했다. 빚은 그 순간에도 쉴새없이 늘었다. 내가 불안해 보였는지 업소의 새끼 마담이 나를 불렀다.

"장미야, 너 일할 수 있겠어? 오늘 금요일이라 새벽까지 손님이 있을 텐데."

"언니, 미안한데 나 진통제 있으면 두 알만 줄래요? 두통이 너무 심하네."

내가 다 죽어가는 소리로 말하자 그녀가 가방에서 은박지를 꺼냈다.

"그게 두통약으로 되겠어? 이거 먹어봐. 몇 시간은 거뜬할걸."

나는 새끼 마담이 약쟁이라는 걸 알았지만 냉정한 판단이 되지 않는 상태였다. 약효가 몸에 퍼지자 거짓말처럼 머리가 맑아졌다. 그리고 퇴근을 하자마자 침대에 쓰러져 열 시간을 내리 잤다. 효과를 톡톡히 봤는데 약을 찾지 않을 도리가 없었다. 며칠 뒤에는 곧 생리가 시작되려는지 컨디션이 급격히 떨어졌고 나는 세번째로 약을 먹고 출근했다.

첫 초이스를 받고 대기실을 나서는데 갑자기 비상벨이 울렸다. 단속이 뜬 것이었다. 그런데 평소와는 좀 상황이 다르게 진행됐다. 신원조회만 하고 끝나는 게 아니라 한 사람씩 화장실로 대동해 소변검사를 시켰다. 그제야 오늘 단속이 마약 수사인 것을 알았다. 나를 비롯해 새끼 마담과 몇몇 종업원들에게서 마약 양성반응이 나왔다. 수갑을 차고 경찰서로 동행해 조사를 받았다. 나는 딱 세번째라고 선처를 구했지만 통할 리 없었다. 구속 상태에서 재판을 받았다. 초범은 집행유예 정도로 처벌받는 게 관례라 들었는데 내게는 이 년 육 개월의 실형이 선고됐다. 그러고 보니 마담의 부탁으로 딱 한 번 약을 전달한 적이 있었다. 그 사소한 일로 나는 공급책 혐의까지 덮어썼다. 불운은 나의 다른 이름이었다.

감옥에 수감되어 있을 때 수빈과 부모가 면회를 왔다. 그들은 경멸의 시선으로 나를 한동안 노려보더니 완전히 연을 끊자는 말을 남기고 떠났다. 나는 그들에게 또 한번 버림받았다. 영혼이 몽땅 빠져나간 사람처럼 수감 생활을 했다. 출소한 날은 어찌 안 건지 사채업자들이 몰려왔다. 그들은 어떻게 자신들의 돈을 갚을 거냐고 위협하며 채무 각서를 쓰게 했다. 결국 내가 돌아갈 곳은 유흥업소뿐이었다. 몇 년간 몸이 부서져라 일을 해도 손에 남는 것이 없었다. 빚은 아무리 갚아도 늘어만 갔다. 좁고 차가운 고시원 방에 누워 이대로 죽었으면 좋겠다는 생각을 수도 없이 했다. 사는 게 그저 고통이었다. 스마트폰 충전 케이블을 목에 감아봤다. 벽에 줄을 맬 만한 고리를 찾아 두리번댔다. 하지만 어디에 걸어도 내 무게를 감당해주지 않았다. 시원하게 울고 싶은데 눈물은 나오지 않았다. 외롭고 쓸쓸해 견딜 수가 없었다. 하지만 의지할 어떤 것도 내겐 없었다. 오롯이 나는 혼자였다.

작은 창으로 밖을 내다봤다. 멀리 지붕 위로 불쑥 솟은 십자가가 보였다. 문득 오 사장이 생각났다. 나를 구해줬던 그날의 일이 생생히 떠올랐다. 내가 감옥에 있던 사이 오 사장은 러브호텔을 정리하고 유흥가에서 자취를 감추었다. 나는 오 사장이 출석했던 교회를 수소문했고 그 교회가 경기도의 신도시로 이주했음을 알아냈다.

오 사장을 찾아가보고 싶었지만 마음대로 몸을 뺄 수가 없었다. 추심업자가 내 생활을 감시하고 있었다. 나는 신불자라서 스마트폰 하나 내 이름으로 개통할 수 없었다. 사용하고 있는 스마트폰은 추심업자의 명의로 개통한 것이었고 스마트폰에 위치추적 앱이 깔려 있었다. 그는 내 동선을 수시로 확인했다. 매일매일 일정 금액을 그에게 송금하지 않으면 험악한 얼굴로 나타나 폭행했다. 평생 이렇게 살 수는 없다. 지금의 생활은 노예나 다름없었다. 맞아 죽는다 해도 한 번은 탈주를 시도해보고 싶었다.

일요일 새벽이었다. 밤새 술을 따르고 몸을 흔들었다. 하지만 피곤하지 않았다. 평소 일정대로라면 편의점에 들러 은행 ATM기로 오늘 번 일당을 추심업자에게 송금해야 했다. 나는 편의점을 그대로 지나쳤다. 스마트폰으로 시간을 봤다. 곧 첫차가 운행될 시간이었다. 스마트폰을 길가 쓰레기통에 넣고는 지하철역을 향해 걸었다.

거룩교회는 유럽의 성처럼 보였다. 새벽예배가 한창 진행중이었다. 나는 조용히 빈 의자에 앉았다. 거대한 예배당은 신도들로 반쯤 차 있었다. 대다수가 노인들이었다. 오 사장을 찾아 두리번댔지만 내가 앉은 자리에서는 사람들의 뒤통수만 보였다. 강단 위에 선 목사님은 연예인처럼 잘생기고 목소리마저 분위기 있었지만 설교 내용은 따분하고 지루했다. 슬며시 자리에서 일어나 예배당 문을 열고 나왔다. 흰 대리석 바닥에 투명한 아침 햇살이 번져갔다. 교회 내부를 구경했다. 층고가 높고 천장을 받치고 있는 기둥들마다 세밀한 조각이 새겨져 있었다. 벽에 걸린 유화들을 구경하며 시간을 때웠다.

예배당 안에서 찬송이 흘러나왔다. 커다란 통창으로 교회 정원이 내다보였다. 나는 창 앞에 섰다. 그때 예배당 문이 열리며 사람들이 밖으로 나오기 시작했다. 나는 문 앞으로 이동해 인파 사이에서 오 사장을 찾았다. 하지만 아무리 둘러봐도 그녀의 그림자조차 보이지 않았다. 더이상 예배당에서 나오는 사람이 없었다. 나는 문틈으로 예배당 안을 둘러봤다. 그 안에 오 사장은 없었다. 조금 허탈했지만 한편으로는 쉽게 오 사장과 재회할 수 있을 거라 생각지 않았기에 실망스럽지 않았다. 하루종일이라도 문 앞을 지키고 서 있자고 마음먹은 그때였다.

“자매님, 누굴 그렇게 찾고 있어요?”

뒤를 돌아봤다. 거짓말처럼 오 사장이 서 있었다. 나는 잠시 머뭇거리다 입을 열었다.

“사장님, 저, 저 장미예요.”

“장미?”

오 사장이 난처한 표정으로 고개를 갸웃댔다.

“호텔에서 자주 뵀었는데…….”

“장미? 그래, 맞아, 이제 보니 기억이 나네. 근데 여기는 무슨 일로?”

막상 오 사장을 마주하자 입이 굳어버렸다.

“혹시 나 찾아온 거니?”

나는 고개를 끄덕였다. 그녀가 나를 작은 사무실로 데려갔다. 머릿속이 온갖 생각으로 복잡하게 얽혔다. 소파에 오 사장과 마주 앉았다. 나는 옛 추억을 끄집어냈다.

“사장님, 예전에 제가 손님이랑 시비 붙었을 때 구해주셨던 것 기억하세요? 사장님이 사무실에서 치료도 해주셨는데…….”

“맞아, 그런 일도 있었지.”

오 사장이 맞장구쳤다. 나는 여기까지 찾아온 이유를

말했다.

"사장님, 도와주세요. 저 이제 갈 곳이 없어요."

나는 고해성사라도 하듯 그간의 일을 털어놓았다.

"장미야…… 힘들었겠다. 얼마나 괴로웠니?"

오 사장의 위로에 눈물이 쏟아졌다. 내 평생 흘린 눈물 중 가장 뜨거운 물줄기였다.

"내 품까지 찾아왔으니 최선을 다해 너를 도울 방법을 고민해볼게."

오 사장이 내 어깨를 토닥였다.

"그래그래, 그만 울고. 예배 시간 다 되었다. 어서 주님께 가서 회개하고 구원받자."

오 사장은 나를 이끌고 예배당으로 향했다. 나는 처음으로 예배를 관람했다. 오 사장은 경건한 태도로 성경을 펴고 찬양을 했다. 예배당은 빈 좌석 없이 사람들로 빽빽했다. 예배 도중에도 계속 문이 열리고 사람들이 들어왔다. 그들은 자리가 없어 그대로 서서 성경책을 들고 예배에 참여했다. 지금의 예배가 본식인지 성가대와 밴드까지 갖춰져 있었다. 강단 중앙에서는 나이가 지긋한 목사님이 예배를 진행했다. 그는 꽃미남으로 유명한 중견 배우를 무척 닮아 있었다. 그의 축도로 예배는 마무리됐다. 오 사장은 기도하던 고개를 쳐들며 내게만 들릴 정도의 목소리로 호칭을 정리했다.

"이곳에서 나는 장로직을 맡고 있단다. 세속의 권위는 버린 지 오래야. 너도 이제 장로라고 불러주렴. 나도 장미 대신 네 본명을 부를게. 네 본명이 뭐니?"

나는 장미라는 이름도 수진이라는 이름도 모두 버리고 싶었다.

"제 이름은 장로님이 새로 지어주시면 좋겠어요."

오 사장은 잠시 고민하더니 이제부터 나를 테레사라 부르겠다고 했다.

"테레사야, 주님이 너를 내게 보내신 이유가 있겠지. 너를 어떻게 크게 쓸지 고민해볼게. 당분간 지낼 거처를 정해줄 테니 그곳에서 네 몸을 추스르도록 해."

그렇게 결정된 내 거처가 용궁장이었다. 오 사장은 웬만하면 외출도 삼가고 용궁장에서 요양하라고 했다. 주일에도 굳이 교회에 출석할 필요 없다고 말했다. 하루이틀 무료한 시간이 흘러갔다. 나는 점점 따분해졌고 심심함을 참을 수가 없어 오 사장에게 소일거리라도 소개해달라 부탁했다. 그러자 오 사장은 내게 용궁장에 수용된 이들을 소개하며 그들을 돌봐달라고 했다.

*

진료실을 나와 접수대에서 비용을 정산했다. 처방전을 받아 병원을 나섰다가 약국 문 앞에서 문득 발길을 돌렸다. 처방전을 접어 가방에 넣었다. 약을 받아오지 않은 것은 나름의 소심한 반항이었다. 주차장에서 오 사장의 차를 찾아 조수석 문을 열고 올라탔다.

"벌써 끝났어? 원장님이 뭐라 하셔, 좋아졌대니?"

오 사장이 물었다. 나는 불만을 쏟아놓았다.

"여기 원장님 돌팔이 같아요. 맨날 불면증이 있냐, 극단적인 생각은 안 드냐만 물어보고."

"그래서 상담도 제대로 안 받았니? 약은, 약도 안 타온 거야?"

오 사장의 목소리가 날카롭게 변했다. 그녀의 서슬 퍼런 눈빛에 조금 겁이 났다. 변명이 줄줄 새어나왔다.

"지난번에 타온 약이 아직 많이 남아 있어서…… 돈

158

도 아깝고, 또 지금 약은 잠만 오지, 별로 도움이 되는 것 같지도 않고……."

나는 오 사장 앞에서 계속 비굴해지는 자신이 한심했다. 오 사장이 시동을 껐다. 그러고는 싸늘한 목소리로 경고했다.

"테레사, 주님은 손을 폈을 때 돌아보지 않는 자를 곁에 두지 않으셔. 도와주려 하는데 네가 이렇게 거부하면 나도 네 손을 놓을 수밖에."

"그게 아니구요, 장로님……."

내가 변명하려 하자 오 사장이 내 말을 싹둑 잘랐다.

"선택해. 계속 내 손 잡고 있을지 여기서 내릴지."

오 사장의 태도는 강경했다. 불만스러웠지만 지금은 참아야 했다.

"죄송해요. 약 타올게요."

나는 순응하는 척했다. 하지만 속으로는 오 사장에 대한 앙심을 키웠다. 돌아오는 내내 오 사장은 내가 어떤 말을 걸든 대답하지 않고 용궁장에 나를 내려놓고 갔다. 아무리 나라도 짜증이 났다. 내 사정을 다 알면서 포용하지 못하는 오 사장이 얄미웠다. 낮잠이나 한숨 자려 이불을 펴고 몸을 뉘었다.

쿵쿵. 이 나쁜 년. 날 이 꼴로 만든 천하에 몹쓸 년.

노인들이 발광을 시작했다. 진저리가 났다. 영원히 용궁장에 처박혀 노인들 수발이나 들고 있을 수는 없었다. 도망을 친다 해도 방 한 칸 얻을 돈이 필요했다. 답은 오 사장에게 있을 것 같았다. 담배 생각이 절실해져 가방을 뒤져 담배를 찾았다. 생각해보니 마지막 한 개비를 점심나절에 피워버렸다. 귀찮지만 담배는 피우고 싶었다. 몸을 일으켜 방을 나섰다. 이층 계단을 막 내려서는데 사람 말소리가 났다. 살금살금 계단을 내려갔다. 용궁장 앞 공터에 사람 그림자가 보였다.

"들어가서 나오지 마."

목소리를 들어보니 오 사장의 딸 신주였다. 그 앞에 거대한 그림자는 삼층의 미친년이었다. 여자는 또 무슨 일인지 알몸에 점퍼 차림이다. 발소리가 내 쪽으로 다가왔다. 나는 얼른 이층 복도에 쌓인 쓰레기더미에 몸을 숨겼다. 여자가 계단을 올라가며 비닐봉지를 부스럭댔다. 나는 거리를 두고 다시 삼층 계단으로 올라갔다. 지금은 아무와도 마주치고 싶지 않았다. 더욱이 오 사장의 딸과는 인사조차 하고 싶지 않았다. 부스럭. 또다시 이층에서 인기척이 났고 발소리가 밖으로 향했다. 호기심이 나를 잡아당겼다. 살금살금 계단을 다시 내려왔더니, 신주는 공터에 그대로 서 있었다. 이번에는 이층에 사는 비렁뱅이가 신주에게 무언가를 건네받았다. 비렁뱅이는 비닐봉지를 받아들고 용궁장 안으로 들어왔다. 신주의 발소리가 멀어졌다. 거리 가로등 불빛이 신주의 뒷모습을 비췄다. 나는 그 자리에 서서 남자를 기다렸다. 담배를 한 개비 얻어 피울 요량이었다. 그와는 한 번도 말을 섞어본 적 없었다. 남자가 비닐봉지를 뒤적대며 용궁장으로 들어왔다. 내가 남자를 불러 세웠다.

"아저씨, 담배 있어요?"

남자는 내 말에 대꾸하지 않고 쓰레기더미를 헤치며 자기 방으로 향했다. 그러다 무슨 생각에서인지 갑자기 휙 나를 돌아봤다.

"소주 한잔 같이 마실 거면 따라오든가?"

남자의 의도가 뻔히 보였다. 제 주제도 모르고 여자 생각이 나는 모양이었다. 어처구니없었지만 남자를 이용할 만한 게 있을지 모른다는 생각이 들어 쓰레기더미를 헤치고 남자의 방으로 들어갔다. 방 안은 그가 주워 나른 온갖 쓰레기로 가득차 있었다. 빈 공간이라고는 어디서 주워온 때가 꼬질꼬질한 싱글 매트리스 위뿐이었다. 남자가 그 위에 걸터앉아 비닐봉지에서 소주를 꺼냈다. 나는 남자에게 다가가 비닐봉지 안을 들여다봤다. 팩 소주한 개와 담배 몇 갑, 일회용 라이터들이 들어 있었다. 내가 손을 넣어 담뱃갑을 집었다. 남자는 소주병을 따서 병째로 들이켰다. 그러고는 나를 노골적인 시선으로 훑어봤다. 짜증이 확 솟구쳤다. 이런 정신병자한테 뭘 얻어먹자고 쫓아왔나 하는 회의가 들었다.

"아저씨, 정신 차려. 똑같이 이 거지 같은 데 산다고 다 같은 사람이 아니야. 알어?"

내가 쏘아붙였다. 화풀이 대상이 필요했는데 잘됐다 싶었다.

"웃기고 있네. 내 보기엔 지나 나나 시궁창 인생인 건 매한가지고만."

남자의 조소가 내 심장에 쑤셔박혔다.

"아니거든, 씨발놈아. 니가 뭘 알아, 정신병자 새끼가."

감정이 격해지며 날카로운 비명이 공간을 찢었다. 다

시 소주를 벌컥벌컥 들이켠 남자가 갑자기 팔을 확 잡아 끌었다. 나는 더러운 침대에 나동그라졌다. 순식간에 남자가 내 위로 올라타며 두 팔을 결박했다.

"비켜, 이 개자식아. 너 감옥 들어가고 싶어?"

몸부림을 치며 빠져나오려 애를 썼다. 깡마른 남자였음에도 힘을 당해낼 수가 없었다. 그때였다.

"내가 방해했나?"

문 앞에 건물관리인이 서 있었다. 나는 남자를 보자마자 소리를 질렀다.

"아저씨! 살려주세요, 이 미친놈 좀 떼어내줘요."

관리인은 의외라는 듯 말했다.

"나는 따라 들어가길래 합의된 줄 알았지. 종석아, 장난 그만 치고 놔줘."

남자가 아쉬운 표정으로 내 몸에서 떨어져나갔다. 몸을 일으켜 황급히 방을 빠져나왔다. 관리인이 내 등에다 지껄였다.

"그 가벼운 엉덩이 조심하고, 얌전히 삼층에 틀어박혀 있어. 거기가 딱 당신 자리야."

나는 빠른 걸음으로 계단을 올라갔다. 나는 수치심과

모멸감에 심장이 미친 듯이 두근댔다. 얼굴이 터질 것처럼 달아올랐다. 숨을 들이쉴 때마다 용궁장의 냄새가 몸속 깊이 스며들었다. 썩은 달걀냄새가 내 핏줄까지 밸 것만 같았다.

쿵쿵쿵. 이 찢어 죽일 년. 제 에미를 내다버린 천하에 몹쓸 년.

방에서 흘러나오는 저주가 목을 조르는 것 같아 머리가 어질어질했다. 이곳은 산지옥이다. 맨정신으로는 이곳에서 살 수 없다. 탈출하고 싶은데, 그런데 도무지 방법이 없다. 방문을 벌컥 열고 들어가 문을 세게 닫았다. 살아 있는 자체가 형벌 같았다. 이 지옥에서 벗어날 만한 방법을 찾아야 했다. 언제까지고 오 사장의 처우만을 기다릴 수 없었다. 머리가 지끈거렸다. 한동안 죽은 듯 누워 복잡한 머릿속을 식혔다. 이대로 깊이 잠들고 싶었지만 정신은 계속 또렷해졌다.

스마트폰으로 시간을 봤다. 열두시가 넘었다. 오늘 밤만큼은 정신과 약이 필요했다. 약봉지를 찾았다. 문득 왜 병원에서는 불면증을 말하지도 않았는데 수면제를 처방해주는 걸까 하는 의문이 들었다. 약봉지를 집어들었지만 오늘 오 사장에게 당했던 수모가 떠올라 약을 먹고 싶지 않아졌다. 한번 격해진 감정이 좀체 가라앉지 않았다. 찬바람이 쐬고 싶었다. 문을 열고 아예 건물 밖으로 나갔다. 거리는 조용하다못해 적막했다. 자정이 넘은 시간이니 당연했다. 무작정 발길 닿는 대로 걸었다. 용궁장에서 최대한 멀어지고 싶었다. 무릎이 뻐근할 정도로 걷다가 스마트폰으로 시간을 보니 새벽 두시가 넘어 있었다. 두 시간이 넘도록 앞만 보고 걸었더니 심란했던 마음이 조금은 가벼워졌다. 별수 없이 용궁장 방향으로 걸음을 옮겼다. 결국 돌아갈 곳은 그곳뿐이었다.

어느 순간부터 공기 중에 매캐한 냄새가 감돌았다. 용궁장에 가까워질수록 타는 냄새가 짙어지고 주위가 소란해졌다. 사이렌 소리가 비명처럼 들렸다. 그리고 저멀리 화마에 휩싸인 용궁장이 보였다. 나는 한동안 그 자리에 못박힌 듯 꼼짝 못했다. 발끝부터 떨리기 시작해 온몸에 경련이 퍼져나갔다. 정신과 약을 먹고 잠들었다면 분명 저 안에 나도 있을 것이었다. 가슴이 벌렁댔다. 벌어진 입을 다물 수가 없었다. 조금씩조금씩 용궁장을 향해 다가갔다. 소방차와 구경꾼들이 용궁장 앞에 진을 치고 있었다. 인파와 거리를 두고 익숙한 뒷모습이 보였다. 오 사장이었다. 그녀는 불타는 용궁장을 바라보다 몸을 돌렸다. 순간 나는 뒷걸음질쳐 어둠 속으로 몸을 숨겼다. 드문드문 놓인 가로등 불빛이 그녀의 얼굴을 비췄다. 그리고 나는 보았다. 오 사장은 웃고 있었다. 한 손으로 입을 가리고 있었지만 손가락 틈으로 보이는 그녀는 즐거워 못 견디겠다는 듯 환히 웃고 있었다. 나는 반사적으로 핸드폰을 꺼내 사진을 찍었다. 연속으로 그녀와 용궁장이 나올 수 있게 사진을 찍어댔다. 머릿속에서 조각들이 맞춰지며 하나의 사실이 드러났다.

*

나는 강단 위에서 나를 올려다보는 이들을 둘러본다. 군중 사이에 오 사장과 신주가 있다.

"할렐루야! 주님께 죄를 고합니다. 아버지, 저는 창녀였습니다. 저는 마약중독자였습니다. 저는 타락한 사마리아인이었습니다."

수백의 시선이 나만을 향해 고정됐다. 다리를 모으고

아랫배에 힘을 줬다. 너무도 황홀해서 다리가 금방이라
도 녹아 없어질 것만 같았다.

*

　나는 어둠 속으로 몸을 감추었다. 불타는 용궁장을 등
지고 점점 멀어졌다. 조용히 현실을 직시할 시간이 필요
했다. 거룩교회는 작은 예배당 하나를 항상 개방해두었
다. 나는 예배당에 숨어들었다. 불도 켜지 않고 의자에
앉아 혼란한 머릿속을 정리했다. 그리고 인생을 건 도박
을 결정했다. 이것은 순응이 아니라, 불운을 상대로 한
내 인생 첫 승부였다. 오 사장에게 전화를 걸었다.
　"테레사! 너 정말 테레사니? 너, 살아 있었구나. 주여!
감사합니다. 다행이야, 정말 다행이야."
　오 사장의 호들갑이 가증스러웠다.
　"테레사…… 그래서 지금 어디니?"
　예배당에 있다고 대답했고, 얼마 안 있어 오 사장이 문
을 열고 들어섰다. 심장이 미친 듯 두근거렸다. 나는 어
둠 속에 서서 오 사장이 다가오기를 기다렸다. 그녀가 다

행이라는 말을 반복하며 나를 자기 품으로 끌어당겼다. 오 사장에게서 불 냄새가 강하게 났다.

"근데요, 장로님. 정말 다행이세요?"

내가 냉랭한 목소리로 속삭였다. 오 사장이 슬며시 몸을 뺐다. 그러고는 내 얼굴을 빤히 들여다보았다. 어둠이 서로의 표정을 감춰주었다. 주머니에서 핸드폰을 꺼내 내가 찍은 사진을 내밀었다.

"이게 무슨 의미니?"

서리가 내려앉을 듯한 싸늘한 목소리였다. 나는 천천히 입을 열었다.

"제 역할이 불쏘시개였던 거죠. 여차하면 뒤집어씌울 만한 존재가 필요했던 거잖아요."

목소리가 떨렸다. 작은 그림자가 나를 지그시 바라봤다. 어렴풋한 윤곽만으로도 그 기세가 흉흉해 저절로 말이 빨라졌다.

"고민했어요. 이 사진을 어떻게 이용해볼까……. 그런데, 저는요, 이렇게 결정했어요."

나는 그녀 앞에서 보란 듯이 사진을 삭제했다. 휴지통에서 한번 더 기록을 지웠고, 연동된 모든 계정의 잠금을 푼 채로 휴대폰을 그녀에게 내밀었다.

"장로님, 저는 당신께 진심으로 순종할게요. 그러니 이젠 의심치 말고 저를 받아주세요."

고개를 숙이며 두 손으로 휴대폰을 공손히 받들었다. 침묵이 내 어깨를 더 깊이 내리눌렀다. 오 사장이 입을 열었다.

"테레사, 드디어 회개했구나."

그녀가 스마트폰을 받아들었다. 나는 오 사장이 허락할 때까지 그대로 고개를 숙이고 있었다. 차가운 손이 내 어깨를 가볍게 잡아 일으켰다.

"앞으로 주님이 너를 크게 쓰실 거야."

나는 알았다. 비로소 오 사장이 나를 자신의 편으로 받아들였음을.

*

오 사장은 내게 새 보금자리를 내주었다. 도시가 내려다보이는 고층의 오피스텔이었다. 그녀는 신학대학에 입학할 것을 명령했고 나는 의심하지 않고 따랐다. 그러자 나도 모르는 사이 신용 회복과 채무 탕감이 진행됐다.

"'서기관들과 바리새인들이 음행중에 잡힌 여자를 끌고 와서 가운데 세우고 예수께 말하되. 선생이여, 이 여자가 간음하다가 현장에서 잡혔나이다……. 예수께서 일어나 이르시되 너희 중에 죄 없는 자가 먼저 돌로 치라 하시고 다시 몸을 굽혀 손가락으로 땅에 쓰시니, 그들이 이 말씀을 듣고 양심의 가책을 느껴 어른으로 시작하여 젊은이까지 하나씩하나씩 나가고 오직 예수와 그 가운데 섰는 여자만 남았더라.' 예수님은 저를 용서하셨습니다. 자비와 사랑으로 내 죄를 모두 사하여주셨습니다. 저는 회개하고 완벽한 그리스도인으로 다시 태어났습니다. 이 모든 게 예수님의 사랑, 하나님 아버지의 은덕입니다. 저 테레사, 영원히 주님의 영광을 위해 몸 바쳐 사역할 것을 맹세합니다."

떨리는 내 목소리가 절절히 퍼져나갔다.

"아멘!"

오 사장이 자애로운 얼굴로 나를 바라보며 외쳤다. 그녀의 신호를 시작으로 모든 군중이 아멘을 합창했다. 배꼽 밑이 찌릿했다. 빛나는 조명이 내 위로 쏟아졌다. 오

르간 연주가 시작됐다. 나는 마이크를 집어들고 찬양을
힘차게 불렀다. 쾌감이 감동으로 번지며 왼뺨 위로 눈물
이 흘렀다. 오 사장과 눈이 마주쳤다.

"할렐루야! 이 어린양은 주님만 따르겠습니다. 당신께
내 모든 걸 바칩니다, 아멘."

내 간증을 듣던 주인이 환한 미소로 과히 기뻐하셨다.

5부
조력자의 고백

내가 기억하는 용궁장의 처음은 황금기라 부를 만큼 호황의 시대였다. 면서기였던 아버지는 명절 전날이면 두 형과 나를 이끌고 용궁장으로 목욕을 하러 갔다. 그 시절 촌사람들에게 대중목욕탕 이용은 나름의 사치이며 특별한 이벤트였다.

탕 안은 사람들로 빽빽했다. 온 동네 사람들을 그곳에서 모두 만날 수 있었다. 새벽부터 저녁까지 탕을 드나드는 사람이 어찌나 많은지, 탕 안에 뜬 때를 뜰채로 걷어내는 직원이 따로 필요할 정도였다. 용궁장 나들이가 지역에 유행처럼 번졌다. 외지에서도 용궁장 소문을 듣고 관광을 왔다. 귀한 손님을 제대로 접대하려면 용궁장에 숙소를 잡아줘야 한다는 관례가 생겼다.

용궁장의 첫 주인은 재일 교포였다. 그는 일본에서 료칸旅館 사업으로 큰돈을 벌었다. 정확히 어떤 연유로 한국행을 선택했는지는 알려지지 않았으나 그는 도망치듯 일본을 떠나왔다. 그 와중에도 그는 일본에서 연을 맺었던 풍수지관을 한국까지 데려왔다. 두 사람은 전국을 누비며 새로 사업을 시작할 명당을 찾아 나섰다. 여정은 길고 험난했다. 그들은 거지꼴이 되어 작은 읍내까지 흘러들었다. 목이 말랐던 지관의 눈에 마침 우물이 보였다. 우물은 아주 얕아서 어린아이도 표주박으로 물을 떠 마실 수 있을 정도였다. 갈증을 해소한 지관이 주변의 지형을 둘러보다가 탄식을 내뱉었다. 용궁장의 주인이 연유를 물었다. 그는 산세를 가리키며 설명하기를, 이곳은 커다란 범선 모양의 형국을 하고 있다. 우리가 서 있는 우물터는 범선의 하부인데 모든 지력이 이곳에 모여드는 자리다. 어쩌면 이 우물터는 명당 중의 명당이다. 하지만 또 물귀신터이기도 하다. 고여들었던 것들이 결국 순환

하지 못하고 이곳에서 몽땅 썩어버릴 것이다. 지관이 아쉬운 듯 혀를 찼다. 용궁장의 주인은 자수성가한 이들이 으레 그렇듯 뱃속에 오만함이 든 주머니를 가지고 있었다. 그는 명당이라는 소리에 눈을 번뜩였다. 지관이 다시 그에게 경고했다. 아무리 기가 센 사람이라도 이 터의 지력을 누를 수는 없다. 그러니 포기하고 다른 명당을 찾아보자고 설득했다. 허나 이미 마음을 정해버린 그에게 지관의 경고는 그저 잔소리였다. 잠깐의 고민도 없이 토지 주인을 수소문해 문서를 넘겨받았다. 그리고 그 자리에 일본 료칸을 본뜬 여관을 건축했다.

용궁장은 고급 여관이자 신흥 유흥시설이었다. 처음에는 유지들이나 드나드는 유곽으로 영업을 시작했다. 수입은 생각보다 저조했다. 주인은 방침을 바꿔 목욕비를 아주 저렴하게 책정했다. 그러자 대중탕을 경험해본 촌뜨기들이 입소문을 냈고, 곧 용궁장 나들이는 촌사람들에게 문화가 되었다.

어른들은 용궁장을 떼돈 집이라고 불러댔다. 온 동네 돈이 용궁장으로 흘러들어갔다. 주민들의 시샘과 질투가 용궁장과 그 주인에게 쏟아졌다. 용궁장의 주인은 당시 오십대였는데 스무 살 된 여자를 첩으로 삼아 용궁장 방 한 칸에 살림을 차렸다. 그는 붙임성 좋고 인심이 후했다. 매일같이 연회가 열리자 용궁장은 자연스럽게 동네 유지들의 사랑방으로 자리잡았다. 노름과 계집질로 용궁장의 주인과 유지들의 결속이 다져졌다. 그는 지역 사회에 완전히 뿌리를 내렸다. 덕분에 용궁장은 이십 년이 넘도록 이 지역의 목욕탕 영업을 독점했다. 떠도는 소문이지만 위에다 돈을 하도 먹여 그가 영업을 하는 이상 아무도 읍내에 새 목욕탕이나 여관을 차릴 수가 없다는 이야기가 돌았다.

용궁장이 꺾이기 시작한 것은 주인이 중풍으로 쓰러져 자리보전을 하게 된 후부터였다. 운신이 부자연스러워진 그는 서울에서 아들 부부를 불러 용궁장의 운영을 맡겼다. 당연히 아들 부부와 애첩 간 다툼이 벌어졌고 급기야 애첩이 아들 부부의 밥에 비소를 탔다. 밥을 먹은 아들은 그 자리에서 죽었고 외출했던 며느리는 다행히 화를 면했다. 아들의 죽음에 충격을 받은 노인이 졸도했다. 얼마 후 깨어난 그는 반송장이 되었다. 그의 애첩은 시치미를 떼고 남편을 극진히 간호하는 척했다. 그러나 수사가 진행될수록 그녀의 혐의가 확연히 드러났고, 결국 궁지에 몰렸다. 수사망이 좁혀오자 애첩은 압박을 견디지 못해 제 남편이 누워 있던 방 전등에 목을 맸다. 그녀는 원망하는 눈길로 제 남편을 내려다봤다. 숨이 끊어지고, 근육에 힘이 풀리자 몸속 오물이 용궁장의 주인 위로 쏟아졌다. 애첩의 한 품은 눈이 죽어서도 남편을 노려보고 있었다. 노인은 그 광경을 모조리 지켜봐야 했다. 하루가 지나고 이상하다고 느낀 며느리가 시아버지 방을 들여다보면서 상황이 종료되었다. 그러나 용궁장 주인의 지옥은 아직 끝이 아니었다. 시아버지로부터 용궁장을 증여받자마자 며느리는 관리인을 두고 서울로 거처를 옮겼다. 시아버지를 간병하겠다는 생각은 추호도 없었다. 노인은 계속 그 자리를 지켜야 했다.

추락은 날개가 없다. 남의 손에 맡겨진 용궁장은 처참하게 변했다. 버려진 노인도 마찬가지였다. 용궁장의 위세가 사라지자 독점 약속도 깨졌다. 읍내에 시설 좋은 목욕탕이 들어섰다. 외곽에 여관촌과 유흥시설이 생겼다. 관리되지 않은 허름한 목욕탕을 찾는 이는 거의 없었다. 손님이 줄자 일하는 사람들도 하나둘 떠나기 시작했다.

용궁장은 급격히 허름해졌다.

노인의 며느리는 반년간 입금되지 않는 세를 받기 위해 서울에서 내려왔다. 겸사겸사 시아버지도 들여다볼 계획이었다. 그녀는 처참하게 변해버린 용궁장 앞에서 망연자실해졌다. 창은 깨져 있고 주위는 온통 쓰레기장이었다. 건물 어디선가 물 새는 소리가 나고 계단 중간에는 죽은 쥐의 사체가 해골이 되어 말라비틀어져 있었다. 그녀는 도저히 혼자서 건물 안을 살펴볼 엄두가 나지 않아 결국 경찰을 불러 건물을 함께 수색했다. 그녀는 시아버지가 거처했던 방으로 향했다. 복도까지 밀려나온 불길한 악취가 앞으로 목격할 상황을 예고했다. 시아버지의 방문을 열어본 며느리가 그대로 토악질을 했다. 그 바람에 죽은 노인이 며느리의 위액을 뒤집어써야 했다.

노인은 어떻게든 살아보려 안간힘을 쓰다 죽었는지 방문 앞까지 기어와 엎드린 채로 굳어 있었다. 이 마당에도 살고 싶었는지 그의 입가에 밥풀이 덕지덕지 붙어 있었다. 겨울이라서 부패는 심하지 않았다. 방문 앞에 밥공기와 국사발이 든 바구니가 널브러져 있었다. 최근까지 누군가 노인을 돌봐준 모양이었다. 시아버지의 시체를 보고 혼절했던 며느리는 장례도 끝나기 전에 서울로 내빼버렸다.

용궁장이 매물로 나왔다. 하지만 누구도 용궁장을 쳐다보지 않았다. 굳이 기괴한 사연이 있는 매물을 욕심낼 이유가 없었다. 한때의 영광이 무색할 정도로 용궁장은 나날이 흉물스러워졌다. 그럴수록 온갖 소문이 달라붙었다. 누군가는 밤마다 자살한 애첩과 노인의 아들이 다투는 소리가 들린다고 했다. 또 용궁장의 주인이 건물에서 네발로 기어나오는 것을 봤다는 사람도 있었다. 사람들은 용궁장을 귀신 붙은 집이라 불렀다. 용궁장의 새로운 이름이었다. 간혹 매물을 보러 온 이들이 용궁장만 보고 갔다 하면 크고 작은 송사에 휘말린다는 말이 돌았다. 소문은 부풀었고 용궁장을 욕심냈다가는 원귀들에게 해코지당한다는 이야기가 사실처럼 굳어졌다. 매물은 계속 값을 낮추었고 그사이 건물은 계속 부식되어갔다. 울며 겨자 먹는 심정으로 며느리가 리모델링 공사를 했다. 용궁장은 모텔로 새단장했다. 그러고는 임대를 놓았다. 워낙 세가 저렴해서 몇몇 외지인들이 들어와 영업을 했지만 그들은 모두 일 년을 버티지 못하고 망해 나갔다.

그즈음 용궁장의 소유자가 바뀌었다. 생활고를 겪던 용궁장의 며느리가 자기 여동생에게 건물을 매도했다. 당시 퇴직한 공무원 부부가 용궁장에 세를 얻어 막 영업을 시작한 참이었다. 그들 역시 외지인들이었다. 용궁장에 얽힌 괴담을 아는 사람은 아무리 시설이 깨끗하고 요금이 저렴하다고 해도 용궁장을 이용하지 않았다. 나날이 쌓이는 적자에 결국 부부가 두 손을 들었다. 하지만 그들 마음대로 손을 털 수 없었다.

용궁장의 새 주인은 제 언니에 비해 영악한 사람이었다. 계약을 연장할 때 월세를 깎아주는 대신, 영업할 다음 계약자가 들어와야 보증금을 내어줄 수 있다는 조건을 달았다. 위반 시 그동안 깎아준 금액은 물론, 법정 최고이자를 쳐서 갚아야 한다는 계약조항도 넣었다. 평생 공직에만 있었던 순진한 부부는 멍청하게도 세를 깎는 것에만 혈안이 되어 계약서에 도장을 찍었다.

어영부영 일 년이 지났다. 아무도 매물로 올라온 용궁장을 신경쓰지 않았다. 월세는 그들의 연금으로 충당해야 했다. 부부가 우울증 약을 복용하며 버텼다는 사실은, 그들이 죽고 나서야 알려졌다. 부부는 숙소로 쓰던 방에

서 일산화탄소중독으로 사망했다. 발견된 유서에는 용
궁장 주인에 대한 원망과 저주가 가득했다. 이후 용궁장
은 임차인을 찾지 못한 채 방치됐다. 이 지역에서 용궁장
의 사연을 모르는 이가 없었다. 더욱이 부동산업자들은
자세한 속사연까지 알고 있었기에 모두가 용궁장을 외
면했다.

*

나는 나이 오십에 공인중개사 자격증을 따서 사무실
을 열었다. 굳은 머리로 장장 오 년을 공부했다. 주경야
독의 시간은 참으로 험난했다. 낮에는 철근공장에서 아
홉 시간을 근무했고 간간이 어머니를 모신 요양원을 들
여다봐야 했다. 그 외중에도 나는 내 미래를 그려냈다.

내 사무실은 구도심의 낡은 상가건물에 있다. 도시가
외곽으로 확장되며 구도심 상권은 완전히 무너졌다. 닷
새에 한 번씩 골목에 장이 서는데 상인도, 장 보러 나온
사람도 점차 줄어가는 추세다. 그도 그럴 것이 이쪽 동네
는 원주민이든 외지인이든 못사는 이들이 모여 산다. 새

건물은 하나도 없고 오래된 주택이나 낡은 빌라뿐이다. 이곳에 사는 사람들도 결국은 신도심 상권을 이용한다. 돈을 모으면 신도심의 아파트나 신축빌라 단지로 이사를 나가버린다.

오후 일곱시, 사무실을 소등하고 퇴근 준비를 한다. 사무실 앞 인도에 세워놓은 오토바이에 올라타 헬멧을 쓰고 시동을 걸었다. 시내를 빠져나가는 차선은 한산하다. 반면 시내로 들어오는 방향은 제법 정체가 있다. 시내를 벗어나자 비닐하우스 단지가 늘어서 있다. 도로는 양 차선 모두 한가하다. 한껏 속도를 올린다. 이 길을 달릴 날도 이제 얼마 남지 않았다. 신도심에 신축빌라를 매입했다. 앞으로의 여생은 이때까지와는 다르게 살고 싶었다. 손바닥에 땀이 찼다. 내일은 머리를 검게 염색하리라.

부동산중개실을 운영한 지 벌써 십 년이 다 되었다. 내 나이 마흔 무렵부터 이 동네에 투기꾼이 드나들기 시작하더니 몇 년 후 토지 거래가 묶였다. 신도시 선정 발표 때문이었다. 전국에서 몰려온 부동산업자들이 사무실을 내고 농사나 짓던 토박이 촌무지렁이들을 구슬려댔다. 정부는 쉬쉬했지만 소문은 발이 달려 들로 산으로 뛰어다녔다.

 가진 것이라고는 논 몇 뙈기, 밭 몇 고랑 있던 촌부들이 큰 부자가 되었다. 나는 그저 구경꾼이었다. 아버지는 내가 열세 살 때 돌아가셨고 엄마는 홀몸으로 형과 누나를 시집, 장가보내며 가진 땅을 한 뙈기씩 팔아댔다. 결국 남은 것이라고는 엄마와 살았던 무너지기 직전의 낡은 집과 손바닥만 한 집터뿐이었다. 집은 도심에서 십 킬로는 떨어진 촌부락이다. 사무실에서 집까지 오토바이로 달리면 이십오 분은 걸린다. 마을은 가로등만 드문드문 켜져 있을 뿐 고요하기 이를 데 없다.

 형제들이 하나둘 집을 떠나고부터는 홀로 어머니를 모시고 살았다. 어머니는 입버릇처럼 남은 집터는 내 장가 밑천이라고 수십 수백 번 말했다. 형제들도 그 사실을 모두 알았다. 내가 사무실을 막 차렸을 때 어머니의 치매 증세가 시작되었고 일 년도 안 돼서 요양병원에 가야 할 정도로 상태가 심각해졌다. 분가한 형제들은 그저 방관자였다. 어머니의 병이 진행되는 동안 누구 하나 도움을 주는 형제가 없었다. 나는 군말 없이 어머니의 병원비를 맡았다. 동기간의 곤궁한 형편을 뻔히 알았기 때문이다. 나야 내 한몸뿐이니 퇴직금도 받아놨겠다, 여차하면 집터를 팔고 나는 작은 원룸이라도 얻으면 된다고 생각했다. 그런데 이건 내 생각이고 형제들의 속셈은 달랐다. 모두가 짜기라도 한 듯 병원비를 입에 담지 않았다. 어머니를 들여다보는 자식도 나 혼자였다. 시간이 흐를수록 그들의 태도에 괘씸한 마음이 들고 서운해졌다.

어머니는 삼 년을 조금 넘게 요양원에 계시다 돌아가셨다. 상을 치르기가 무섭게 형제들이 어머니 이름으로 된 집터를 나누자고 달려들었다. 예상은 했지만 형제들의 행태가 용서되지 않았다. 그동안 큰소리 한 번 내지 않았던 내가 어머니를 보살핀 기여도를 따져 지분을 나누자 고함을 쳤다. 형제들은 처자식도 없는 놈이 왜 이리 욕심을 부리냐고 비난했다. 결국 결론이 나지 않은 채 사 년이 흘렀다. 기막히고 억울한 심정은 여전히 가라앉지 않고 있다. 대청에 우두커니 앉아 앞마당을 내다보았다. 수도와 장독을 물끄러미 바라보며 어렸던 우리 형제들과 젊은 어머니와의 추억에 젖어들었다.

올해가 환갑이다. 형제 그 누구도 내게 전화 한 통 없다. 부모가 돌아가시면 남이나 다름없는 게 형제였다. 그들의 속내가 눈에 보였다. 시간은 그들의 편이다. 나는 물려줄 자식 하나 없다. 반면 그들은 자신들이 죽어도 그 지분은 자손들에게 넘어갈 것이라는 계산을 했을 게다. 결국 내 지분도 자기 자식들 거라는 판단이 섰겠지. 피를 나눈 형제들을 미워하고 원망하며 살아가야 한다는 사실이 처참했다.

허울뿐인 사무실이라 사실상 중개 일이 많지는 않았다. 우후죽순 생기던 부동산중개사무실은 도시개발 공사가 본격적으로 시작되고 보상이 진행되자 하나둘 빠져나갔다. 소문에 사서 뉴스에 판다는 말은 부동산에도 적용됐다. 투기꾼들이 만들어놓은 거품으로 토지 거래가 뚝 끊겼다. 내가 사무실을 차렸을 때는 이미 호황이 지난 뒤였다. 큰 거 한 방을 노려본 적 없다면 거짓말일 것이다. 하지만 나는 내가 타고난 그릇의 크기를 잘 알고 있다. 욕심은 화를 부른다는 사실 역시 명심하고 산다. 흘러간 세월은 내게 삶의 진리를 가르쳤다. 허황된 한 방을 노리기보다는 꾸준한 수익을 찾았다. 품이 많이 들고 돈은 되지 않는 소형건물의 관리인 자리들을 맡았다. 그

중 용궁장도 있었다. 용궁장을 관리하는 일은 수고스럽지 않았다. 누군가 매물을 보러 오면 문을 열어주고 이따금 들러 건물 내외부를 돌아봐주는 것이 전부였다. 용궁장은 철거밖에 답이 없는 상태였다. 건물 안팎이 자잘한 금으로 갈라져 있고, 곳곳에 누수가 생겨 벽이란 벽은 온통 곰팡이로 뒤덮여버렸다. 바닥도 군데군데 꺼지기 시작해 금방이라도 붕괴할 것처럼 위험해 보였다. 일 년에 한두 번 업자들이 용궁장을 보러 왔지만 거래는 이루어지지 않았다. 주인 할매는 잊을 만하면 전화를 걸어와 쓸데없이 내 시간만 잡아먹었다. 노인은 상종하고 싶지 않은 부류의 인간이었다. 야비한데다가 좀스러웠다. 관리비라고 던져주던 푼돈도 항상 내가 말을 꺼내야 인심 쓰듯 입금했다. 구차한 노릇이었지만 내가 선택한 결과이기도 했다.

애물단지였던 용궁장이 기사회생한 것 역시 십몇 년 전의 신도시 발표 때문이었다. 용궁장의 위치는 노른자위 중 노른자위였다. 돈이 궁해 죽겠다던 주인 할매는 이제 기세등등해져서 매물을 거둬들였다. 내가 이참에 철거해 건물을 올려볼 생각이 없냐고 물었지만 투자할 돈은 한푼도 없다고 잡아뗐다. 그러고는 정신 나간 소리를 해댔다. 기존 내놨던 값에 열 배를 올려 매물을 내놔달라는 것이다. 나는 순간 이 노인이 치매라도 걸린 걸까 의심했지만, 땅의 임자가 원하니 그 뜻대로 매물을 내놨다. 당연히 누구도 매물을 보러 오지 않으리라 생각했지만 그건 내 착각이었다.

*

오 사장은 신도시의 유지였다. 지하철 역사 앞에 오피스빌딩을 몇 채나 소유하고 있었다. 무엇보다 그녀는 거룩교회의 실질적 주인이었다. 뜬금없이 시골 동네에 거대한 종교시설이 들어왔을 때만 하더라도 주민들은 대수롭지 않아 했다. 하필 그 앞에 지하철 역사가 들어오고 근처에 대단지 아파트가 입주할 거라고는 아무도 상상하지 못했다. 신도심은 거룩교회를 중심으로 구역이 나뉘졌다고 봐야 했다. 그만큼 교회 자리는 도시의 중심이었다. 관공서며 학교가 신도심으로 옮겨가면서 구도심은 완전히 망해버렸다. 공공연한 소문으로는 오 사장의 로비가 있었다는 이야기가 돌았다. 잠깐 원주민들의 원망이 오 사장에게 쏠린 적도 있었다. 그러나 지금은 감히 오 사장을 욕하는 이들이 없다. 거룩교회가 확장될수록 지역에 파급력이 커졌다. 이 주변에서 장사라도 해 먹고 살려면 거룩교회와 연결되어야 했다. 교인들은 거룩교회 마크가 붙은 상가만 이용했기 때문이다. 오 사장은 철마다 교회에 출석하는 노인들에게 공짜 관광을 시켜줬고 학생들에게는 장학금을 뿌렸다. 교회에 출석만 하면 이주민, 원주민 차별 없이 혜택을 보았다. 거룩교회와 오 사장은 그렇게 지역사회에 영향을 줬다. 이제는 모두가 오 사장을 칭송하고 있다.

나도 오 사장의 덕을 보고 있다. 그녀가 아니었다면 사무실은 진즉 문을 닫고 말았을 것이다. 오 사장은 자기 빌딩에 부동산중개사무실을 차렸다. 실질적 영업은 그녀의 딸이 맡고 있는데 젊은 사람이 예의 있고 속이 깊었다. 인정도 많아 구도심의 계약이 있으면 나를 공동중개인으로 지목해 수수료를 챙길 수 있게 배려해주었다. 그들은 사람의 마음을 얻을 줄 알았다. 그래서 몇 년 후 오 사장이 내게 용궁장을 좀 연결해달라고 했을 때 나는 '왜 하필 용궁장이냐'고 한탄했다. 어느새 차곡차곡 쌓인 마음의 채무가 은연중 발동한 것이다. 나도 모르게 용궁장 주인 할매에 대한 내 솔직한 감정을 떠들어댔다. 입이 마르게 심보 고약한 노인을 헐뜯다가 번뜩 정신이 차려졌다. 화르르 얼굴에 열이 몰렸다. 채신머리없는 내 행동이 부끄러웠다. 오 사장은 미소를 지으며 진실로 걱정해줘 고맙다고 인사했다.

"사장님, 저에게는 그 부지가 꼭 필요해요. 수고스러우시겠지만 힘을 보태주세요."

오 사장의 태도가 공손했다. 나는 노력해보겠다고 대답했다. 하지만 속마음은 난감할 따름이었다. 그간의 세월로 용궁장 주인의 행보를 미루어 짐작 가능했기 때문이다. 분명 임자가 나섰다고 전하면 값을 천정부지로 올리며 애를 태울 것이 자명했다. 그러나 운명이란 때론 얼마나 엉뚱하고 얄궂기까지 한지. 이후 일어난 일들은 우연을 가장한 신의 장난 같았다.

오 사장의 부탁이 계속 마음에 걸려 머릿속이 복잡했다. 평소보다 늦은 시간에 퇴근을 했다. 사위가 어둑해졌다. 오토바이가 집 앞 골목으로 접어들었다. 그때 검은 그림자가 시야에 포착됐다. 몸을 웅크리고 앉아 있는 그림자 앞에 오토바이를 세웠다. 사내가 고개를 들었다. 익히 아는 얼굴이었다. 그는 이제 공터만 남은 옛 집터를 물끄러미 바라봤다.

종석과는 위아래 집으로 낮은 담장 하나를 두고 살았다. 우리집으로 들어가려면 종석의 앞마당을 지나다녀야 했다. 성격이 드셌던 종석의 어머니는 우리 어머니에게 통행로를 내주고는 유세를 톡톡히 부렸다. 그 때문에 종석의 집과는 별로 사이가 좋지 않았다. 종석은 수재인 제 형과 달리 사회성도 없고 지능도 좀 모자랐다. 제 어머니 생전에는 그나마 사람 구실을 하고 살았으나 노모가 돌아가신 뒤로는 만날 술을 달고 살더니 머리가 이상해졌다.

종석이 처음으로 불을 지른 것은 제 집이었다. 다행히도 집은 방 한 칸만을 태우고 진화됐다. 두번째 방화는 그로부터 한 달도 되지 않아 벌어졌는데 그 위치가 마을 뒷산이었다. 자칫 신고가 늦었다면 온 동네가 몽땅 불바다가 될 뻔했다. 이번에는 명백한 방화사건이라 일이 커졌다. 교도소에 갈 뻔한 걸 제 형이 서울에서 내려와 마을 사람들에게 고개를 숙이고 다니며 용서를 빌었다. 여차저차 종석을 시설로 보내고 마을에 얼씬 않는 것으로 타협을 보았다. 그게 삼 년 전의 일이다. 나는 종석을 데리고 집에 들어왔다. 라면을 끓여 먹이고 왜 돌아왔냐 물었다. 녀석이 새치로 희끗희끗해진 머리를 깊이 숙이며 눈물을 떨구었다. 가만히 종석을 내려다보고 있자니 머릿속이 복잡했다. 하지만 이내 복잡한 마음 사이로 하나의 좁은 길이 보였다. 마치 종석이네 어머니가 내주셨던 그때 그 통행로 같은.

그날 밤 종석을 내 옆에 재우고 밤새 여러 계획을 세워나갔다. 나는 그 어느 때보다 냉철해졌다. 계획이 구체화될수록 심장 근처가 간질간질해졌다. 느껴본 적 없는 희한한 흥분이었다. 앞으로 내 구상대로만 흘러간다면 형제들에게 한 방 먹일 수 있을 것 같았다. 그러다 오 사장과 용궁장까지 생각이 확장됐다. 오 사장에게 도움을 준다면 무언가를 좀 얻어낼 수 있지 않을까 하는 기대가 생겼다. 등을 돌리고 누워 잠든 종석의 뒤통수를 한동안 바라봤다. 어느새 창으로 빛이 새어 들어왔다. 밤을 꼴딱

새웠는데 전혀 피곤하지 않았다.

잠에서 깬 종석에게 서울 형에게 전화를 걸어줄까 하고 물었다. 녀석은 여태껏 네, 아니오라고만 짧게 대답하는 식으로 내 질문에 대답했는데, 형 소리를 듣자 고개를 번쩍 쳐들고 다급히 고개를 흔들어댔다. 제 형과 무슨 일이 있었는지 신세 지는 걸 극도로 꺼리는 것 같았다. 그럼 앞으로 어떤 계획이 있느냐 묻자 다시 고개가 바닥으로 꺾였다. 나는 말없이 녀석의 정수리를 내려다보다가 손을 들어 어깨를 툭 치며 일단 읍내로 나가자고 이끌었다. 종석을 오토바이에 태워 주민센터로 데려갔다. 나라에서 받을 수 있는 혜택이 있지 않을까 싶어서였다. 그러나 종석은 나라의 어떤 혜택도 받을 수 없었다. 사실 알고 있었다. 녀석에게는 증여받은 땅이 있었으니까. 종석의 어머니는 우리 어머니와 다르게 공정한 사람이었다. 농사짓던 땅과 집터를 제 형과 공동명의로 이전해주고 떠나셨다.

나는 용궁장의 이층 방 하나를 수리해 종석의 보금자리를 만들어줬다. 수리라고 해봤자 전등을 갈고 새 장판을 깔아준 정도였다. 종석에게 통장을 만들게 하고 돈도 채워주었다.

용궁장 주인 할매에게 오 사장의 매입 의사를 전했다. 할매는 내 예상대로 값을 최대한 올려보라는 소리를 해댔다. 나는 일단 알겠다고 말하고, 값을 올리려면 용궁장을 비워두지 말고 조금만 개조해 고시텔처럼 월세 받을 사람을 구해 넣자고 말했다. 할매는 개조라는 말에 돈이 없다, 딱 잡아뗐다. 그러나 월세라는 말에는 번뜩 꾀를 냈다. 내게 고치는 비용을 부담하면 월세를 반 나누어주겠다는 것이다. 나는 생각해보겠다고 대답했다.

오 사장의 사무실에 들러 할매의 의사를 전했다. 오 사장은 어처구니없다는 듯 웃었다. 냉커피를 내온 오 사장의 딸 신주가 내 말대로 용궁장을 비워두지 말고 사람을 들이는 게 어떻겠냐는 말을 꺼냈다. 나는 순간 내 속마음을 들킨 것 같아 깜짝 놀랐다. 나는 맞은편에 앉아 서글서글한 미소를 짓는 오 사장의 딸을 오랫동안 살펴봤다. 어쩌면 우리가 같은 틈새 길을 보고 있을지 모른다는 생각이 들었다. 나는 들어와 살 만한 사람이 있으면 구해봐달라고 정중히 부탁하고 달달한 냉커피를 천천히 마셨다.

다음 날부터 종석을 데리고 다니며 용궁장을 수리했다. 일이층은 손댈 엄두가 나지 않아 건너뛰고 삼층 방들을 도배하고 장판을 새로 깔았다. 수도를 연결하고 전등을 갈았다. 오 사장의 딸은 월세를 밀리지 않을 사람만 골라 소개해주었다. 나는 종석의 월세를 용궁장 할매의 계좌로 송금했다. 늙은이가 득달같이 전화를 걸어왔다. 그 사실이 믿기지 않는지 진짜 사람이 들어왔냐며 연거푸 확인했다. 그러고는 월세가 밀리면 어쩌냐는 둥, 건물이 매각되면 당장 비워야 하는데 점거하고 나가지 않으려 하면 어떻게 할 거냐는 둥 문제가 생기면 책임질 수 있냐고 나를 볶아댔다. 나는 월세는 선불만 받고 즉시 퇴거 조치를 할 수 있다는 약속을 문서로 받아놓겠다고 말했다. 그제야 노인이 안심한 듯 매각은 어떻게 되어가냐고 물었다. 나는 쉽지 않으니 기다려보라고만 말했다.

용궁장에 세입자들이 하나둘 들어왔다. 전부 오갈 데 없는 노인이나 정신이상자였다. 당연한 결과였다. 그곳은 멀쩡한 정신을 가진 이들이 들어와 살 만한 환경이 아니었다. 종석에게는 한 달에 한 번씩 계좌로 돈을 넣어주고 세입자들의 월세를 할매에게 대신 부쳤다. 월세를 보낸 이후부터 할매는 내게 주었던 관리인 비용을 당당히 떼어먹었다. 내가 알아서 월세의 반을 수수료로 챙긴다고 생각하는 모양이었다. 나는 노인의 착각을 바로잡아주지 않았다. 올가미가 점점 팽팽해져갔다.

종석은 처음 몇 달은 수시로 내 사무실에 들러 감사하다 인사를 하고 돌아가더니, 언제부턴가 길에서 만나면 고개만 끄떡 숙이고 제 갈 길로 가버렸다. 서운한 마음도 고얀 놈이라는 생각도 들지 않았다. 인간은 원래 그런 존재라는 것을 내 형제를 통해 학습했기 때문이다. 별다른 소득 없이 시간만 흘러가자 용궁장 할매 인내심이 바닥이 났다. 매일같이 전화를 걸어와 매각 문의가 없냐고 다그쳤다. 나는 한심하다는 감정을 숨기며 매매가격을 현실성 있게 조절하라고 조언했다. 그런데 이 욕심 많은 늙은이는 올릴 때는 열 배를 훌쩍 넘기더니 내릴 때는 겨우 우수리 몇 푼 떼어주겠다는 식으로 헛웃음 나오는 소리를 해댔다. 이러니 어느 중개사도 이 노인을 상대해주지 않는 것이다. 그리고 운명의 날이 다가왔다.

용궁장에 불이 났다. 불은 삽시간에 번져 용궁장을 몽땅 전소시켰다. 피해자 중 종석도 있었다. 건물관리인이었던 나도 소환당해 조사를 받았다. 할매에게 수차례 전화가 걸려왔지만 받지 않았다. 나는 용궁장에 사람을 들였지만 중개비 한푼 받은 적 없었다. 월세를 받으면 그대로 임대인에게 송금했다. 나는 모든 사실을 통장 기록으로 입증할 수 있었다. 반면 할매는 자기는 모르는 일이라며 발뺌했다. 그러고는 내가 이 모든 일에 교사범이고, 책임을 져야 한다고 주장했다. 그 증거로 월세를 반으로 나누었다고 진술했지만 조사 과정에서 할매의 말이 모두 거짓으로 밝혀졌다. 나는 이득 본 게 하나도 없으며, 지독한 노인에게 관리비용조차 떼어먹힌 사실을 추가로 증언했다.

오 사장의 딸도 참고인조사를 받았다. 내게 세입자를 구해준 당사자였기 때문이다. 그녀는 내가 자신의 부탁으로 오갈 데 없는 이들이 용궁장에 저렴하게 세를 들 수 있도록 도와준 것뿐이라고 진술했다. 몇 차례 조사가 이어지고 나는 당당히 무혐의를 받았다. 오 사장은 내가 경찰서에 조사를 받으러 갈 적마다 개인 변호사를 붙여 동행하게 해주었다. 자기 딸이 관련된 일이라 도의적 책임을 지는 것이라고 했다. 일이 마무리되고 나는 오 사장에게 인사를 하러 그녀의 사무실로 향했다. 오토바이를 상가 앞에 세우고 유리문을 열고 들어서자, 오 사장의 딸 신주가 책상에서 일어나며 반갑게 맞았다.

"사장님, 고생 많으셨죠?"

"오 사장님은 계시는가?"

"일이 있으셔서 방금 나가셨는데 급한 용건인가요?"

나는 아니라며 손사래를 쳤다.

"커피 드릴게요. 이리 앉으세요."

나는 소파에 앉아 여자의 뒷모습을 바라봤다.

"날이 점점 추워지네요. 오늘은 따뜻한 커피로 드릴게요."

"그럼 고맙죠."

탁자에 커피잔이 놓였다. 나는 마주 앉은 여자에게 본론부터 꺼냈다.

"불이 난 날, 내가 종석이 방에 들러 그 녀석이 그동안 모아둔 라이터들을 수거해왔어요……."

나는 의도적으로 몇 초간 말을 멈췄다. 하지만 여자의 얼굴에는 서글서글한 미소가 여전히 매달려 있었다. 내가 말을 멈추자 더 해보라는 듯 고개를 살짝 끄덕이기까지 했다.

"나는 근 이 년간 종석을 지켜봤어요. 어느 날부턴가 종석이를 관찰하는데, 아가씨가 자꾸 주위에서 보였어요. 그리고 이런 생각이 들었어요. 어쩌면 아가씨도 나와 같은 생각을 하고 있을지 모른다고요. 그때부터 용궁장에 모여든 이들을 관찰했습니다. 죄 가족에게 버림받은 자들이었어요. 개개인의 사연은 알 수 없지만 용궁장에 방치된 것으로 보아 이들이 사라진다 해도 아무도 슬퍼하지는 않겠구나 싶었어요. 그곳은 산지옥이나 다름없으니까요. 아가씨는 이층 방화전과범이 일을 저지르기를 기다렸을 거예요. 그래서 만날 적마다 담배와 라이터를 주었겠죠. 그러나 아가씨가 간과한 게 있어요. 종석이는 고작 소주 두세 병으로 취하지 않거니와 정신과 약을 꾸준히 먹고 있었어요."

마주 앉은 여자는 눈썹 하나 떨지 않고 여전히 미소 짓고 있었다. 순간 소름이 온몸을 쓸었다. 여자의 눈빛에서 어떤 서늘한 한기를 느꼈다. 두려움이 등골을 쓸었다. 본능적으로 말의 속도를 높였다.

"불이 난 날 밤, 아가씨가 돌아가고 나는 바로 종석이 방으로 찾아갔어요. 녀석은 이미 소주 두 병을 전부 마시고 입맛을 다시고 있었습니다. 그래서 과일주 담그는 그 독한 페트병 소주를 두 개 사가 녀석을 완전히 인사불성으로 만들었어요. 그리고 혹여나 아가씨 지문이 나올지도 몰라 소주병과 라이터들을 주워 담아 그 자리를 빠져나왔죠. 아니…… 그전에 그 쓰레기장 같은 곳에 불을 질렀습니다. 내가 왜 이런 사실을 아가씨에게 고백하는지 이제 본론을 말하겠습니다. 나는 아가씨의 계획을 도와야 했습니다. 그래야 내게도 기회가 주어질 테니까요."

어제 용궁장 할매가 사무실로 쫓아왔다. 노인은 악귀처럼 내게 덤벼들었다. 내가 세입자를 안 받았다면 이런 일도 없었을 거라며, 다 늙어 감방에 들어가게 생겼다고 내 멱살을 잡아 흔들었다. 나는 돈 받아 챙길 때는 좋다 하더니 이제 와서 왜 나를 원망하냐고 언성을 높였다.

"사람 죽어나가는 건물인 줄 모르고 쥐고 있으셨소?

이제 당신 차롄가보우."

내 말에 할매가 넋 나간 사람처럼 자리에 주저앉아 부르르 떨었다. 아들로 보이는 이가 늙은이를 부축하며 내게 말했다.

"지긋지긋하니 매입자 나타나면 하루라도 빨리 치워주세요."

나는 알겠다고 대답하고 돌려보냈다. 나는 곧바로 오 사장에게 이 사실을 전했다. 그녀는 내 수고를 잊지 않겠다고 말했다. 내가 처음 짠 계획은 종석에게 큰 빚을 지게 해 녀석이 소유한 토지 지분을 넘겨받는 것이었다.

"나는 종석이의 형에게 내용증명을 보낼 겁니다. 그동안 종석이를 돌보며 들었던 돈을 청구할 예정입니다. 종석이 이름의 땅에도 압류를 걸 겁니다. 종석이 형은 공직자죠. 농사도 짓지 않는 자연녹지를 소유하고 있으면 투기 의심을 받을 수도 있다고 흘리겠습니다. 종석이의 방화 사실을 언론에 제보하겠다고도 협박할 겁니다. 그러니 조용히 일을 정리하고 싶으면 그 땅을 내가 지정하는 사람에게 넘기라고 하겠습니다. 난 용궁장과 관련해 그 어떤 부스러기도 원치 않습니다. 다만 종석이 형이 종석이와 공동명의로 된 땅을 팔겠다고 내놓으면, 그 땅을 오 사장이 사주세요. 그게 내가 오 사장님께 바라는 전부입니다."

나는 미지근하게 식은 커피를 한 모금 마셨다. 오늘은 설탕 넣는 것을 잊었는지 커피는 쓰디썼다. 종석의 땅은 우리 집터 앞 필지다. 그 집 땅을 통하지 않으면 안쪽 우리집으로 들어올 진입로가 없다. 어머니가 살아 계실 적에는 진입도로를 내주는 대신 해마다 종석의 집에 쌀 한 섬을 주었다. 종석의 어머니가 돌아가신 후에는 유야무야되어버렸지만. 나는 그것을 기억했다. 종석의 땅이 오 사장에게 넘어가면 새로 측량해 진입도로를 못 쓰게 막아달라 부탁할 계획이다. 그러면 안쪽 우리 집터는 완전히 고립되어 집값이 뚝 떨어진다. 그것이 형제들에게 할 수 있는 앙갚음이며 당장 내가 할 수 있는 복수다.

계획이 머릿속에 있을 때는 죄책감과 망설임이 있었다. 그런데 막상 화마에 잡아먹힌 용궁장을 바라보며 나는 아무런 감정이 들지 않았다. 다만 새로운 기회가 내게 주어졌음을 알았다. 나는 신도심의 빌라로 이사를 했다.

옛집에서 과거와 연결된 그 어떤 것도 가지고 오지 않았다. 내 이야기를 경청하던 눈앞의 아가씨가 김이 샜다는 표정으로 겨우 그런 걸 요구라고 하냐고 물었다.

"용궁장의 흥망성쇠를 보고 자랐죠. 과한 욕심은 결국 화를 부르고 만다는 것을 나는 너무도 잘 알고 있습니다. ……앞으로 거룩교회의 신자가 되려 하는데 하나님은 이런 날 용서해주실까요?"

나는 그녀와 눈을 맞추며 처분을 기다렸다. 잠깐의 침묵이 수년의 세월처럼 길게 느껴졌다. 그리고 선고가 내려졌다. 눈앞의 아가씨는 두 손을 가슴 앞에 모으며 말했다. 입가에 미소가 선연했다.

"아멘."

나는 주님께 거두어졌다. 작게 안도의 숨을 내쉬며 유리문 밖으로 시선을 돌렸다. 넓은 인도와 사차선 대로, 반대편 상가와 불 켜진 간판들. 달라진 것은 하나도 없었다. 그러나 나는 이 모든 광경이 낯설었다. 순간 깨달았다. 내 인생이 새로 시작되었음을.

용궁장의 고백
ⓒ조승리 2026

초판 인쇄 2026년 3월 10일
초판 발행 2026년 3월 20일

지은이 조승리

주간 김현정 책임편집 변규미 편집 오예림
디자인 이혜진
마케팅 정민호 한민아 이민경 한경화 박진희 황승현 김경언 양지연
브랜딩 함유지 이송이 박민재 김하연 신은서 이준희 조다현
미디어콘텐츠 함근아 김은솔 박다솔
제작 강신은 김동욱 이순호

펴낸이 이병률
펴낸곳 달 출판사
출판등록 2009년 5월 26일 제406-2009-000034호
주소 10881 경기도 파주시 회동길 455-3
이메일 dal@munhak.com
SNS dalpublishers
전화번호 031-8071-8683(편집) 031-955-2690(마케팅)
팩스 031-8071-8672
ISBN 979-11-5816-208-5 (03810)